Staread
星文文化

这一生关于你的风景

11位独立女性的绚丽人生

李梦霁 著

长江出版社
CHANGJIANGPRESS

献给老张

目 录
CONTENTS

序言：

坐沙发的人 001

可可·香奈儿：

我曾出走半生，归来仍是少女 009

《乱世佳人》费雯·丽：

望见你的第一眼，我看到了余生 027

杜拉斯：

这城市天生适合恋爱，而你天生适合我的灵魂 047

戴安娜王妃：
在爱情里，不被爱的，才是第三者 067

玛丽莲·梦露：
所有命运馈赠的礼物，都暗中标好了价格 089

简·奥斯汀：
他只牵过一次她的手，她却一辈子没有嫁人 111

奥黛丽·赫本：
每一个不曾起舞的日子，皆是对生命的辜负 133

《老友记》瑞秋：
许你一世好前程与不辜负 159

苏菲·玛索：
认真地年轻，优雅地老去 175

安妮·海瑟薇：
心有猛虎，细嗅蔷薇 193

“钢铁侠”马斯克母亲梅耶：
百炼钢成绕指柔 207

后记一：
纯文学写作者的生存之路 223

后记二：
一逢一生，一生一句 233

后记三：
这一生关于你的风景 243

序言：

坐沙发的人

有人坐沙发，有人坐板凳。

我四岁学琴，老师只许坐板凳，坐三分之一，不能满。

板凳又凉又硬，小伙伴们一排排坐得笔直，不得乱动。

谓之规矩。

“无规矩难成方圆”，大概是我自幼听到最多的警句。

父母都是颇有风骨的知识分子，生怕我沾染了市井小民的俗气，家教森严，规矩也多。

闺密笑我没有童年。

五岁，每天午休，爸爸从成语词典手抄一条成语，让我背诵；傍晚，妈妈讲一首古诗，第二天陪我晨跑两公里，听我边跑边背；每周一篇习作，上交爸妈，择优发表；周末学琴和英语，风雨无阻，马不停蹄。

从小学到初三，我坚持了近十年。

我生于二十世纪九十年代末，早教尚未普及，小朋友以“放养式成长”居多，沉醉在童年的“温柔乡”，迷恋李宇春和周杰伦，讨论郭芙蓉和周芷若，给男同学递皱巴巴的小纸条，在教学楼拐角偷偷“约会”。

凡此种种，皆与我无关。

父亲在手抄本扉页写道：“一天一条成语，终成语言大师。”

尽管距离“语言大师”前路漫漫，但每念及此，还是会深深感恩父母，在一座不甚发达的北方小城，深信“玉不琢不成器”，为了培养我，花去半生心血。

他们本不必如此辛苦。

规矩多的人最容易野，物极必反嘛。

念本科，离家千里，我的少女时代，终于扑面而来。

看《春风十里不如你》，朋友说我可能是伪装成赵英男的肖红。

赵英男根正苗红，父亲是军官，管教严苛。成绩出众，深得师友赏识，举手投足一派大家闺秀的风姿。可敬，可畏，却不可亲。

肖红叛逆，古灵精怪，多的是小性子和小可爱。翻墙逃学，殴打教官，简直五毒俱全。有股子小坏，倔劲儿上来按都按不住。

父母苦心培养十八年，没让我成了方圆，终了落得貌似端庄得体，心里装的，到底都是吃喝玩乐的小把戏，我戏称为“热爱生活”。

读书时，周遭同学忙着上进，天天泡在自习室，我只顾大江南北地游历。吐鲁番的烈日，蝴蝶泉的传说，大昭寺的经筒，日月潭的清波……醉心于无用，不争为人上，只对那些不务正业的琐碎头头是道。

毕业后，身旁好友在风口行业激流勇进，我却猫在天色渐晚的夕阳行当，日出而作，日落而息，也有种匠人的情意与满足。屡屡拒绝老友的内推邀请，因不急着“才华变现”，高薪自是诱人，却不足以让我榨尽例行发呆的闲暇时光。

职场数年，除却出席活动，平素从不化妆，不舒服的，都不去做。剃过光头，穿过男装，不愿讨好别人，只想取悦自己。

前辈苦口婆心，劝我少壮努力，成名暴富，可我依然加班十分钟便如坐针毡，埋头写点小情小爱的闲篇，两天不出门也自得其乐。稿酬时有时无，不懂营销和热度，写作发乎心境与本能，不求富贵，只试图用文字，一再回到曾惊心动魄的生命现场，沉溺，重温，改写结局。

年纪渐长，对生活琐细的小情意越发多了。

穿越大半座城，寻找全北京最好吃的冷锅串串；用废弃纽扣在帆布包上缝一朵小花；花一个周末，去临市的海边淋一场雨。没有这个年纪的焦虑，最不担心的，就是“被同龄人抛弃”。

这是怎样的时代呢？

“加班族”熙攘，“焦虑症”盛行，想红、想升、想富是通行于世的价值，对物欲、享乐、奢侈的执念，日益变得炙热且赤裸。

可是，行色匆匆的人生，我不想要。

山川湖海，日月草木，昏旦晴雨，皆是世间赠予的爱意和礼物，芳华易逝，我怎忍辜负？

于是，我读书旅行，走走停停，花时间陪伴家人，“爬格子”陪伴读者。

王开岭老师写过一篇文章，谈论“小妇人”。

> 她们懂人、知世、勤勉，对人生的条纹肌理了然于心，对尘世有无限的忠诚和热情，动力十足，精耕细作，小日子过得盈盈满满、蓬蓬勃勃。可我

们现代人里，仕女太多，妇人太少，女人们光去忙表面上的事了。所谓热爱生活，所谓人间烟火，这些小妇人才是主体，是俗世的主人和仆人，聚精会神，全力以赴。

读罢，惊觉邂逅知音，一拍即合。

小时候舍不得吃的最后一口麻辣拌，记了多年的某句无关痛痒的台词，只能逗乐自己的笑话，一不留神失手撞破的八卦，霎时都有了出口——那些好吃的，好玩的，游手好闲的，才是我心底精耕细作的田。

对这俗世烟火爱得贪婪肆意，且不加克制。

爱人，爱故事，也爱世情，永远对真实发生的，拥有无与伦比的热切。

梦露、香奈儿、赫本、杜拉斯、苏菲·玛索……这些被世人铭记的女性，明艳得不可方物，爱过数不清的男子，历尽离合悲欢。她们的故事，或温暖，或励志，或凄然，这些都是我所探寻的，执迷的，热忱的。

旁人的生活，皆与我有关。

诗人余秀华讲：“生活有太多曲折和不尽人意，我们在爱与恨的余暇里，爱这生命本身的存在，如果还会流泪，如果还有悲伤，也是对生命的刻骨之爱。有这爱，便是欢喜本身。”

从香港到北京，从作者到编辑，严丝合缝的生活突然打滑，总归经历了些不得已和不甘心。

但真正临到人生自由落体的时刻，倒也有种“任它去”的潇洒。

命里有时终须有，得不到的，都不重要。

我只是急急忙忙投奔到生活的怀抱，去爬天梯，去撞南墙，在严肃生活里走神溜号，深情又爽利。

怀揣滚烫的自由，无畏俗世的目光，更不屑活在他人的舌尖上。

不迷失，不偏颇，不张皇。

有人坐沙发，有人坐板凳。

坐了那么多年板凳，还是觉得沙发更适合我。

没那么多规矩感和进取心，只求坐得稳稳当当，舒舒服服，看书，听戏，讲故事。

然后，爱这个摇摇晃晃的人间。

或许你因《一生欠安》而喜欢我，但这本书里的我，似乎不大一样。

我们终其一生，都在自我发现的道路上持续行走，推翻重建，自我成全。

或许这条路，一辈子都走不完。

但是，永志不忘，小姑娘。

李梦霁

——二〇一八年初冬于瑞士

可可·香奈儿：
我曾出走半生，归来仍是少女

The City

C. P. Cavafy

You said, I will go to another land,
I will go to another sea.
Another city will be found,
better than this.

Every effort of mine is condemned by fate;
and my heart is -- like a corpse -- buried.
How long in this wasteland will my mind remain?
Wherever I turn my eyes, wherever I may look
I see the black ruins of my life here,
where I spent so many years, and ruined and wasted.

New lands you will not find, you will not find other seas.
The city will follow you. You will roam the same streets.
And you will age in the same neighborhoods;
in these same houses you will grow gray.
Always you will arrive in this city.

To another land -- do not hope --

there is no ship for you, there is no road.

As you have ruined your life here in this little corner,

you have destroyed it in the whole world.

《城市》

作者：卡瓦菲斯 译者：李梦霁

你说：

要去远方，

去另一方土壤，另一汪海洋，

那里的一切都将更好。

你所有的努力，皆是命运的责罚；

心如行尸走肉，于荒野中埋葬；

在这一望无垠的荒原，我的神思还将煎熬多久？

无论面向哪里，眺望何方，

生命尽是黑色的废墟。

毁灭自己，虚掷自己。

最终，你会发现：

这世上，

从没有新的土壤，也没有别的海洋，
这城市将尾随你，这生活从未逃离。

街道一如既往，邻居仍是故人；
房屋一如既往，你却白发丛生；
你到达的，永远是同一座城，别指望还有他乡。

没有渡载的舟，没有行走的路，
你既已在这小小的角落，毁掉生活，
那便已毁灭了，你的全世界。

一八九三年深冬，奥巴兹济贫院，年老枯瘦的修女牵着一个小女孩，穿过阴冷的走廊。

青苔昏昏欲睡。

那时她六岁，丧母，被丢进济贫院。

父亲头也不回地走了，像终于甩掉了一个包袱。

没有玩伴，没有童趣，只有缝纫机吱吱呀呀，摇满整个童年，诉说着入骨的贫瘠。

多年以后，她成为法国最富有的女人，名字刻入历史深处，活成一个传奇。

可她心底，依然无法坦然面对生命早期，那些惨淡的记忆。

贫穷带来的，不仅是食不果腹，更是无尽的屈辱。

屈辱，比苦难更深重。

不曾经历潦倒的人，不会懂那种近乎本能的，对生存的惶恐和绝望。更不会懂，为了挣脱泥沼，人能有多狠绝。

绝地逢生，是因为退无可退。

对生的渴望、钱的渴望、名的渴望，使她成为她。

她是可可·香奈儿。

> 我从不是一个女英雄，但我选择了想成为的模样，且如今恰如所愿。即使我不被爱、不讨人喜欢，又能怎样呢？
>
> ——可可·香奈儿

天涯歌女初长成

十八岁，她已亭亭玉立。

白天是裁缝店女工，夜晚是酒吧歌女“可可”。

生活是断裂的，游走在严肃刻板的裁缝刀，和妖艳放浪的曲调中，像一柄枷锁，囚住她所有的才华。

她隐约觉得，自己是能做成某些事的人。

和所有天赋异禀的人一样，她偏执、笃定，而清醒。

对一个女人而言，想成为谁，想要什么，越早想明白，越好。

她知道，她不属于眼前的苟且。

逼仄的裁缝铺，声色犬马的酒吧，盛不下她的野心。

为了跻身更高的阶层，第一步，是攀上一个男人。

巴尚先生，是不错的人选。

可可风姿绰约，嗓音撩人，一曲《可可去哪里》，把酒吧里的粗野军官迷得七荤八素。

一位沉默寡言的军官，留着两撇胡子，目光像一条出水的鱼，滑溜溜地缠在可可腰间。

他大约嗅到了猎物的味道。

她也是。

不久，她住进他的城堡，成为“巴尚先生的情人”。

很难说，是谁捕获了谁。

可可向来不是信仰爱情的小姑娘，她很清醒。

她是他的玩物，他是她的手段。

各取所需罢了。

| 我心里有一团火，路过的人只看到烟

巴尚先生腰缠万贯，情妇如过江之鲫，数不胜数。

但可可与她们不同，她只把巴尚当成起点，而非终点。

情意、财富、名分，她全都不在乎。

她要的，是依凭这个男人，跻身另一个阶层，闯入另一个圈子。

然后站在更高处，被全世界看到。

来路无可眷恋，值得期待的只有远方。

她在心里默念：巴黎，等我。

在巴尚的城堡里，可可学会了骑马、探戈、品酒，在富人的晚宴上频频露面。

和那些上流社会的女人不同，她剪短发，穿裤装，学着男人的模样跨上马背，人称“标新立异的可可”，在众人冷眼中特立独行。

“我和她们所有人都不一样。”

她有自己的坚持和倔强。

一天，城堡里来了客人，巴尚先生让可可陪酒。

此时的可可正发着高烧，昏昏沉沉，已经卧床三天。

巴尚毫无怜惜，执意让她起身作陪，酒过三巡，还让她唱《可可去哪里》。

在巴尚眼里，她不过是个贪图荣华的小姑娘，没有情感，没有尊严，既已买下她的青春，便理所当然地把她当宠物、当奴仆。

可可噙着泪唱完一曲，恍然明白，依靠男人上位，纵然衣食无忧，却仍是上流社会的小丑，供人玩乐而已。

她心里有一团火，路过的人只看到烟。

在巴尚身旁，她的才华与价值，是被低估的。

明珠暗投。

真正的上流，眼中看得到别人，也不会把自己太当回事，巴尚绝不是。

她开始伺机逃离，依凭巴尚这块垫脚石，已然得偿所愿。

如今，可可要飞走了。

与其在意别人的背弃和不善，不如经营自己的尊严和美好。

——可可·香奈儿

我即时尚

遇见卡柏的时候，落桐满巴黎。

那是一场寻常的酒会。

彼时，上流社会的女人，衣帽烦琐、笨重、束缚众多，像扑棱着翅膀的鸽子，挺胸凸臀，以此为美，以此为贵。

所谓“丰乳肥臀”，不过是为了讨好男人的视觉和审美，却不为自己舒服。

可可穿长裙，腰身位置松了两厘米，没那么窒息。戴一顶简洁大方的帽子，只插一根羽毛。

在众多衣着紧绷、帽饰繁杂的女人中格外显眼。

女人们诧异地窃窃私语：“真是一副穷酸打扮。”

可是她们的眼眸里，分明闪着歆慕和渴望。

大约没有哪个女人，不愿像可可这般坦率、自由，且简约，奈何身负“贵族”烙印，画地为牢。

可可很清楚，“女性解放”是大势所趋，而女人要想解放，首先要做的，是不再讨好男人。

由始至终，可可都是最能看清时尚圈的人。

因为出身和际遇，面对富人圈，她永远持有旁观者清的疏离。

深谙名利场的浮华与残酷，所以有种活在当下的洒脱与劲道。

“我不创造时尚，我即时尚。”

她活得目空一切，又淋漓尽致。

“你很优雅。”

低沉的男声，轻轻落在她耳畔。

可可转头，望见一双深蓝色眼眸。

像一汪湖，供她的往后余生，一边怀念，一边深陷。

“从来没有人，用‘优雅’这个词形容我。”她说。

“那是因为他们不懂你。”男人深情款款。

可可的眼角竟微微湿润。

在贫穷、冷眼、蹂躏的井底挣扎太久，心上已破了洞，漏风漏雨，结满青苔。

倏然透进一线阳光，竟久久不适。

那是她离爱情最近的一次。

卡柏将可可带离城堡的那天，巴尚不甘心地说：“可可，我娶你。”

她面如寒霜，一去不返。

既是逢场作戏，何必假意深情?

巴尚只想留住她，继续做他招之即来的玩偶。

她的野心，他不懂，也负担不起。

可可·香奈儿，是法国唯一一座尚未熄灭的火山。

| 今生遇见你，竟花光所有运气

卡柏温柔而深情。

倾听她天马行空的遐想，欣赏她喷薄如泉的灵感，成全她锋芒毕露的渴望。

在他身边，她拥有全世界。

除了婚姻，他能给她一切。

在巴黎，卡柏为可可开了一间帽子店，后来又开女装店。

可可的满腹才华，终于有了用武之地。

她设计的衣裳，彻底解放了女性的身体，不束腰，不塑形，裙子缩短到膝盖。

世间最美，本就是顺其自然。

不论贫富贵贱、幸与不幸，衣裳是你给这个世间，最直接的呈现。

衣着寒酸，旁人只记得那件衣服；打扮精致，人们才观照衣服里有趣的灵魂。

可可懂女人，懂美，也懂那个时代。

二十世纪初的欧洲，文学艺术蓬勃向荣，服装设计水平却维持在二十世纪，甚至更早的状态，止步不前。

而法国女性更为可悲，对自由、解放、独立的渴念空前，却被紧紧裹在一身“鸽子装”里动弹不得，她们活在巨大而无声的压抑中，进退两难。

站在时代的十字路口，可可一眼望到了重生。

可可·香奈儿，一个门外汉，设计的服装竟掀起一场时尚革命，使之作为艺术，真正迈入二十世纪。

凭她懂得如何诠释这个世间。

大师与时势，从来都是互相成全。

生活不曾取悦于她，所以她创造了想要的生活。

诚然，倘若没有卡柏，可可不会拥有这一切。

在孤儿院长大，做过歌女，当过情妇，她的过去是一副残局，不堪，不齿。

但卡柏从未嫌恶，只说："过往不念。"

在她一文不名的时候，他牵起她的手，坚定而执着："可可，你会是这个时代最出色的设计师，你的名字一定会被历史记得。"

卡柏，是她的伯乐，她的爱人，她的退路，她的远方。

"我一向不信，如我这样的人，也能交到好运。只有当你出现，我才原谅了生活曾经带来的苦难。"可可对卡柏说。

人们说，香奈儿的舌头是一把锋利的剪刀，尖刻而凉薄。

她只对他说情话。

她的心是一条塞纳河，左岸温柔，右岸冷硬。

旁人只够隔岸观火。

卡柏的双眸蓝成一片海，眼角的细纹里，笑意晕成涟漪。

他说："生生不弃。"

那年冬天奇冷。

风雪连日，人们都窝在家里，衣帽店生意难做。

卡柏在老家，陪妻女。

可可给他写信："时日艰难，无计可施。"

他复："想你，可可。我会陪你过圣诞，等我。"

她像少女一样雀跃。

卡柏曾说："无论时间过去多久，无论彼此如何相熟，只要我们相逢，我永远会怦然心动。

"如果有人问起，当我想你时我会想到什么，我想，大约是圣诞节的清晨。炉火、三明治、浓浓的香茶，屋外蛋黄色的水雾，你拖长腔调的口音，都使巴黎更加可爱。"

"叮咚！"

圣诞的清晨，门铃如约响起。

可可欣喜地冲向门边，又折回来，站在镜前整理好头发，才去开门。

"亲爱的，你终于回来了！"

她的声音像知更鸟，像枝头的葡萄，喜悦破壳而出。

"夫人，这是卡柏先生的遗物，请您节哀。"

门外，不是她朝思暮想的情人，她等来的，是卡柏溘逝的噩耗。

风狂雪厚，不宜出行，他为了赶在圣诞节见她，一路快马加鞭，发生车祸，车毁人亡。

世上最懂她的人，走了。

人人都可以爱她，懂得，却是可遇不可求的缘。

难的是遇见理解。

“你走之后，我的孤独，是一汪深海。”

执手十年，卡柏陪伴她、呵护她、资助她，用长久的爱意，日益稀释她心头的坚冰。

“我早就知道，像我这般的人，不配拥有如此好运。”可可肝肠寸断。

她的爱情，灵魂，温柔，皆随他入土。

原来此刻就在身旁的人，有一天也会走散。

命，她是不信的。

爱，她也不信了。

还信的，只有奔跑和远方。

“自你之后，我再也没有不能失去的东西了。”

卡柏离世，香奈儿设计了一款小黑裙，举世惊艳。

人们惊叹黑色的优雅与丰盛，仿若锁着无尽风尘，哀伤，与往事。

“我要让全世界的女人，都为你哀悼。”

优雅，源于拒绝

香奈儿一生未婚。

追求者众，情人多如牛毛。她眷恋男人，更贪恋自由，走马灯般频频更换男友，对她而言，他们是猎物，是需求，是机遇。

好风凭借力，送我上青云。

世人说她风流成性，不愿被婚姻囚禁。

倒也未必。

太多新鲜、漂亮、高贵的男人可以躺在她身旁，却再无一人，配得起与她手挽手，步入教堂。

她一生未穿过婚纱，因为世间没有任何人的名字，足以与可可·香奈儿相配。

斯人已逝。

“往后爱我的人，无人再像你一分。”

我崇拜美，却讨厌所有仅有漂亮的东西。

——可可·香奈儿

生为女人，她二十岁“野”，三十岁“艳”，四十岁“华”，在这场余生里，令人无法抗拒。

她曾兜售美丽，卖弄风情，只为跻身更高的圈子，直到年逾花甲，她才了悟：

优雅，从不源于风情和诱惑，而是源于拒绝。

凡高贵者，皆淡漠。

从容，混了一点清冷、不屈和格格不入，才是美的极致。

作为女性，为无数男子倾慕，只因本能和肤浅。而学会拒绝，才是真正由内而外的高雅。

可惜，太多年轻女孩参不透，舍本逐末。

香奈儿亦然。

时光愈老，人愈通透。

七十岁高龄，她重返法国，东山再起，新作多了某种“拒绝”的味道，浸着淡淡的薄寒。

甫一面世，轰动巴黎，俘获一众少女心。

她曾出走半生，归来，仍是少女。

“我拒绝可爱，我生来傲慢，我绝不低头。”

欲戴王冠，必承其重

可可·香奈儿的一生，从任人践踏的灰姑娘，到成为法国最富有的女王。

世界原本就是由永不知足的野心推动的，欲望、孤独、思想，缺一不可。

对事业，她从未懈怠分毫，甚至厌恶休息日，相信“懒惰是一切罪恶的根源”。

对流言，她素来不屑一顾。

因与纳粹军官相恋，好事者诬蔑她参与谋害犹太人。

可可清楚，那不过是嫉妒而已，人们最不愿看到的，是底层人的崛起。

因为她闪耀的皇冠，照出了他们的蹉跎与平庸。

可可临终前，请仆人为她换上婚纱。

“请将卡柏的相片，放入我的棺椁。并在我的墓碑上，雕刻五只狮子的头颅。”

她要让世人永远铭记，可可·香奈儿的锋利、高傲与传奇。

用不屈的花蕊，摆脱四季的支配。

时尚易逝，风格永存。

《乱世佳人》费雯·丽：

望见你的第一眼，我看到了余生

How do I love thee?

Elizabeth Barrett Browning

How do I love thee?
Let me count the ways.
I love thee to the depth and breadth and height
My soul can reach,
when feeling out of sight for the ends of Being and ideal Grace.

I love thee to the level of everyday's
Most quiet need, by sun and candlelight.
I love thee freely, as men strive for Right;
I love thee purely, as they turn from Praise.

I love thee with the passion put to use
In my old griefs, and with my childhood's faith.
I love thee with a love I seemed to lose
With my lost saints,—I love thee with the breath,
Smiles, tears, of all my life!—and, if God choose,
I shall but love thee better after death.

《我是怎样地爱你》

作者：伊丽莎白·巴雷特·勃朗宁　译者：李梦霁

我是怎样地爱你？

请容我一一列举。

我用尽灵魂的深邃，宽广，与高远，

抵达爱你的彼岸。

如沐神恩，

生有尽，爱无涯。

我爱你，是最寂静的必然，

是日光，是烛焰。

爱得自由，像人类为正义而战；

爱得纯粹，甚至无须他人盛赞。

爱你，以童时的信仰，与往昔的辛酸；

以消逝的爱慕，与远去的圣贤；

以我终生的声息，离泪，与笑颜。

假使上苍予我祷祝，

我祈愿来世，爱你如初。

“生存，还是毁灭！是默然忍受命运暴虐的毒箭，还是挺身反抗人世无涯的苦难！”

舞台中央的奥利弗，声情并茂地诵着《哈姆雷特》的念白。

冷峻、潇洒、才华横溢，似乎所有光芒，悉数倾洒在他的眉宇之间。

那时的他怎会想到，观众席里，坐着他未来的妻子——费雯·丽。

这个男人，带着满身桀骜，猝不及防地闯入费雯·丽的世界。

与此相比，相遇前的那些年，全都乏善可陈。

望见他的第一眼，她看到了余生。

| 失手打碎的现世安稳

“妈妈，我们什么时候回家？”软软糯糯的声音缠过来，一个金发小姑娘拉着费雯·丽的裙角，奶声奶气地问。

她俯下身：“走吧，爸爸在家等我们吃晚饭。”

那年，她二十二岁，恰是一生最好的年华，却过早地把自己交付进一段婚姻，茅檐低小，柴米油盐。

看着“小点心”模样的女儿，竟蓦地有些后悔。

那晚，费雯·丽久久无眠。

月夜下，她的双眸盛满星河。

丈夫霍尔曼的鼾声有节奏地起伏，一如既往。

记得结婚初时，她总埋怨他鼾声震天，惊扰睡眠。

三年间，丈夫的顽疾没有医好，她倒是习惯了。

同样习惯的，还有晨起采购三餐食材，修剪花园草木，和隔壁太太喝下午茶，洗净丈夫女儿换下的衣裳。

放弃了山川湖海，面朝厨房与爱。

有时，她也不甘。

擅长钢琴、小提琴，十八岁考入伦敦皇家戏剧艺术学院，曾立志成为这个时代最伟大的女演员。

可是后来，遇见年长她十三岁的丈夫。

他出身名门，剑桥毕业，拥有一家律师事务所，年轻有为。

他对费雯·丽一见钟情，说想和她有一个家。

因这轻描淡写的一句话，她义无反顾地闯入婚姻的巨浪。

不顾父母亲友百般阻挠，毅然退学，结婚生女。

那时的费雯·丽年轻、倔强，一无所有，唯一腔孤勇而已。

她一直以为自己幸运，也清醒，却在望向奥利弗的一霎，如梦初醒。

寻遍半生春色，他一笑便是。

婚后的时光沉冗，波澜不惊。

她记得烘烤曲奇的工序，记得干洗店的门牌号码，淡忘了肖邦、尼采、莎士比亚。

天赋与才华再无用武之地，她只是一个新手妈妈，一不留神，跌入生活烦琐无趣的轨道，笨拙地适应一切。

少时做过的梦，已疲倦凋谢。

假如那天下午，她一如往常在家做蓝莓酱，没有去看那场《哈姆雷特》，没有遇见那个神采奕奕的男演员，或许费雯·丽的一生，将在时光的车辙下，被碾成千篇一律的模具，印上“好妻子”“好母亲”的刻章。

淡而无味，滚滚向前。

可惜，命运偏偏于此顿笔。

那个闪闪发光的人，才是她想爱的人，也是她想要成为的自己。

谁没辜负过几段宝贵的青春呢？

只是那人轻轻走来，费雯·丽的心兀地苏醒了。

翌日清晨，费雯·丽没做早餐。

“我要去演戏。”她一字一顿。

丈夫错愕了几秒，很快又恢复了平静。

“其实我很早就知道，你有才华，果敢又不驯，不甘平凡，只是我一直在努力，想留住你，想保全这个家。”丈夫叹道。

结婚三载，他确是世上最了解她的人。但他的温文尔雅，无法左右她生命深处不可遏制的激情，他妥帖的宠溺，无法懂得她深藏的渴望、躁动，与野心。

生活如枷锁，她如困兽，所有的才情被囚禁于此。

谁都只有一个一生，怎敢慷慨赠予不爱的人？

离家那天，女儿用小手拉扯费雯·丽的裙摆，泪珠在眼眶里打转。

“妈妈不走，妈妈不走。”

她蹲下身，抱紧只有膝盖高的小人儿，轻声说：“孩子，你要记得，这世上没有人值得你的眼泪和挽留。做一个高贵的姑娘，再爱也不回头。”

说罢，绝尘而去。

人生短短几十年，若不知爱过便分了道，遇见又有何用呢？

丈夫的深情，女儿的依恋，皆留不住她。

费雯·丽一生迷人，因她最擅长的，是做自己。

她铁了心去寻梦，去寻爱，不惜重拳出击，打碎现世安稳。生活支离破碎地堆在原地，她必须挽起袖子，把它拼凑成想要的模样。

这趟旅途本身就是一个奇迹，她跌跌撞撞地出发了。

> 我从来不是那样的人，不能耐心地拾起一地碎片，把它们凑合在一起，然后对自己说，它修补好了，跟新的完全一样。一样东西破碎了，就是破碎了。我宁愿记住它最好时的模样，也不想把它修好，然后终生看着那些曾经破碎的地方。
>
> ——《乱世佳人》

不久，费雯·丽参演人生中第一部影片，只有一句台词。

为了说好这句词，她练习了千百遍。

导演要求边说台词，边流泪。

终于开拍，不料，却被接连否定。

“重来。”导演冷冰冰地说。

“再重来。”

三次仍未通过。

正当她心灰意冷时，导演冲上前来，激动地一把抱住她，高声对全组说：“我从未见过如此有天赋的演员。她说同一句台词，每次都能在同一个音节处落泪！”

之后的一切，便顺理成章。

她初涉影坛，声名鹊起。

圈内人讲：“费雯·丽明艳倾城，根本不必有如此演技；她演技精湛过人，根本不必有如此美貌。”

只是她对所有天赐的礼物，向来都怀着敬畏之心。

美丽，最是难求的天恩。

唯有比旁人更甚的努力，才配得起上苍垂怜，不负造物主的美意。

在那个年代，女明星大多懵懵懂懂，一头扎进这个光鲜的行当，被纸醉金迷蒙了眼。

可费雯·丽不同。

她是抛夫弃女，放弃一切岁月静好，才踏上演艺之途。演好戏，对她而言是背水一战。

况且在她心里，长久住着一位“王子”。

费雯·丽多么高贵，断不允许自己以“灰姑娘”的姿态接近他。于是，她蛰伏着，沉默着，积蓄力量。只有变成公主模样，才能骄傲地站在他身旁。

这世上总有些女人，拥有惊人的爱的能量，甚至足以改写命运。

幸，也不幸。

因为种种天作和人为的机缘，她终于成为首屈一指的女演员，也如愿接近了她的王子，奥利弗。

依然是《哈姆雷特》，奥利弗仍是男主角，只不过费雯·丽不再是座上观众，而变成女主角。

从台下到台上，她走过半生斑驳。

灯光渐暗，帷幕升起，奥利弗凝望着她，柔声低诉：“你可以怀疑群星失去璀璨，昼夜停止变换，真理变成谎言，但请永远不要怀疑，我对你的钟情。”

他动情地说着哈姆雷特的台词，那一刻，他终于像费雯·丽痴爱他那般，爱上了这个优雅、深邃，永远心怀热望的女孩。

她美得惊为天人，骄傲得像一束玫瑰，从不接纳来自异性轻浮的暧昧。她对演戏追求完美，永远蓬勃，努力生长，认真生活，渴求极致。

世间相恋，爱得迟的那一方，总会把相爱归为“命中注定”和“机缘巧合”，殊不知，为了这终成眷属的结局，另一方曾做过多少努力。

仿佛守候一粒种子破土发芽，除却甘之如饴的等待，得偿所愿的必然，在惊喜之余，亦有某种尘归尘、土归土的安定。

“你是我一世一见的海洋。”

没过多久，费雯·丽收到奥利弗的来信。

> 思念像一场瘟疫，瞬息俘虏了我。我想你，想你灰蓝色的眼眸，既温情脉脉，又有猫一样的狡黠。想你柔媚高贵，又有惊世骇俗的桀骜不驯。你是这样非凡的女人，在任何时候都与众不同。

情意灼灼。

她回信：“那便离婚吧。”

彼时，奥利弗已有妻儿，费雯·丽也尚未离婚。

前路荆棘密布。

不久，两人的婚讯传遍伦敦。

有人说，他们是世间最相配的金童玉女，除了奥利弗，费雯·丽嫁给谁，都会显得莫名其妙。

但更多的人说，这段婚外情是不伦之恋。

口诛笔伐甚嚣尘上，两人别无他路，只得远走他乡。

在美国好莱坞，奥利弗接拍《呼啸山庄》，获奥斯卡最佳男主角提名。费雯·丽去探班，恰好遇见《乱世佳人》的制片人，当即被选定饰演该片女主角斯嘉丽。这是她演艺生涯中最重要的一部影片，凭此斩获奥斯卡最佳女主角，成为史上第一位获此殊荣的英国女演员。

颁奖典礼，大屏幕上赫然写着“费雯·丽”，她的泪水倏尔决堤。

想起曾经的宏愿，想起十八岁时对母亲讲：“我要成为这个时代最伟大的女演员。”

手捧小金人，挽着心上人，一切，恍在梦中。

其实，每一种生活方式都代表一种特定的人生选择，每一段旅程都是单行道而无回头路。时间会让所有无关紧要的人事渐渐面目全非，重要的是你怎么想，怎样选。

选定之后，不要怕，也不要悔。

只去证明，去到达。

我只能爱你一世，不能爱你一时

二战爆发，整个欧洲陷入水深火热，生灵涂炭。

谁料，曾在《乱世佳人》中“饱经战火”的费雯·丽，有生之年竟也要身受战乱之苦。她和奥利弗结束了旅美生涯，返回祖国，奥利弗毅然穿上军装，加入英国部队。

对前方战事的担忧，高度紧张的工作，拍摄《乱世佳人》时染上的肺结核痼疾，轮番上阵折磨着费雯·丽，使她脆弱得不堪一击，屡屡在片场昏厥，被工作人员用担架抬去医院。

战后，奥利弗回到她身边。

他依旧光彩夺目，军功赫赫，在影坛的地位无人能出其右。可费雯·丽饱受病痛摧残，已不复往昔倾城。

她自卑、沮丧，因为太爱他，低去尘埃里。

世间少有男子能懂，一个女人爱到极致，能有多卑微。

卑微到故意装作毫不在意，自欺欺人，用淡漠掩饰在乎。

奥利弗在外拍戏，费雯·丽从不写信给他，也不主动联络，甚至故意对他的近况不闻不问，每次都等待他来信，对她嘘寒问暖。

她把这视作自己最后一点高傲。

盼他多写几封信，以为凭此，就能多在乎她一点。

阿兰·德波顿说："爱情的反讽之一是，你越不喜欢一个人，越能信心百倍、轻而易举地吸引他。而强烈的喜欢却使人丧失了爱情游戏中必不可少的一种漫不经心，你如被人吸引，就会产生自卑情结，因为我们总是把最完美的品质赋予我们深爱的人。"

在这场爱情博弈里，费雯·丽早已输人输阵。

尽管世人眼里，她是千秋万载仅此一位的费雯·丽，她却始终以为，无论是自身条件，还是爱的多寡，她都是毫无优势的一方。

费雯·丽深知，自己爱得更多、更深也更久，内心才会那样动荡，毫无安全感，担心他随时会离开。因他信上的一个标点，心里就已兵荒马乱。

她刻意表现出没那么在乎，仿佛爱得少一点，便能赢回几分颜面。

一个人要隐藏多少秘密，才能巧妙地度过一生？

而她最大的秘密，就是爱他如生命。

告诉我你爱我，我的余生将依靠它活着。

——《乱世佳人》

在家里，费雯·丽无缘无故地发脾气，近乎癫狂地歇斯底里，屡屡伏倒在地，抽泣不已。抑郁、流产、长年失眠，使她意志消沉，濒临崩溃。

这段婚姻的终点，是费雯·丽无休止的伤害。她不停地渴望确认，纵然她千般不好，奥利弗仍是爱她的。她太害怕失去，却最终耗竭了他的温情。

他们同去新西兰巡演，长达半年，获得极大的成功。

可正是在新西兰，费雯·丽永远地失去了她的王子。

那时，她旧疾复发，几乎不能登台，可奥利弗执意要她上台，这是他作为艺术家的偏执和敬畏。

费雯·丽对他的冷漠十分愤怒，咒骂不已。

奥利弗扬手扇了她一耳光，费雯·丽当即回敬他一耳光。

剧组其他成员面面相觑，这段金玉其外的良缘，第一次被旁人看出了破绽。

这两个耳光，把他们最后一点情意，都打光了。

奥利弗对记者说："你或许不理解，同你讲话的，是两具行尸走肉。"

他对朋友说："尽管人前的费雯·丽，依然保持着特有的高贵来掩人耳目，但在我面前，却是一个女巫。"

在奥利弗亲友的眼里，费雯·丽是不可理喻的。大卫形容她"十分、十分的疯狂"。诺伊尔也表示同情，"从一九四八年起，情况已经越来越糟”。

没有人懂得那样疯狂的费雯·丽，只因爱如砒霜，能致命。

身患沉疴，日渐消瘦，费雯·丽却仍拼命接戏，以此向奥利弗证明，她仍是同时代中，最出色的女演员。

可是健康状况不允许她任性，她的身体每况愈下。

而如日中天的奥利弗，身旁却多得是绝色的年轻姑娘。

“我爱上别人了。”当奥利弗说出这句话时，像一场宣判，长久以来的消耗和折磨宣泄而出，如释重负。

抢来的爱情，终归会被下一个人抢走。

只差一点，她就能伸手触到星河，却忽然天亮，天梯未稳，所有美梦都跌落下来。

只差一点，他们就能共赴迟暮。

二十年婚姻走到尽头，没有人是胜利者。

费雯·丽平静地发布了一段简短声明，表示理解奥利弗的离婚请求。

他走时，费雯·丽没有一滴泪。

正如当年对女儿所说：“做一个高贵的女孩，再爱也不回头。”

不久，奥利弗另娶。

那是一个不怎么漂亮，没多少才华，却率真爽朗的女性。

她爱得简单，落落大方，不像费雯·丽，步步为营。无论从前还是现在，抑或遥远的将来，我都不认为，这世上还有其他女人，能比费雯·丽更爱他。

只不过婚姻和久伴，往往不以爱的深浅为唯一影响因素。

她，是更懂爱的那一个。所以她赢了。

遗憾吗，你曾经那么渴望的东西，别人轻而易举就得到了。

失去奥利弗，费雯·丽的世界彻底崩塌。

全世界都可以背叛她，他不行。

因为他们曾那么用力地对抗世人的恶意，不惧与世界为敌。

她无法在茫茫人海里再找到一个闪着光芒的人了，只因见过他。

人终究会为不可得的人事困扰一生，她却回想不起那时的欢喜。

怨过，恨过，在极端的悲愤中，燃尽生命的烛火。

瘦尽灯花又一宵。

你有没有想过，我爱你已达到一个人爱一个人的极点？你有没有想过，在我得到你之前，我已爱了你多少年？我一直爱着你，可我又不能让你知道。

这对那些爱你的人而言，实在是太残酷了。

——《乱世佳人》

七十封未寄出的信，和一个未落下的吻

费雯·丽迅速地衰老下去，枯萎下去。

奥利弗离去七年，她写过七十封信。

思念一个荒芜的名字。

每封信的落款，都是“费雯·奥利弗爵士夫人”。

数年如一日。

人生最后一程，费雯·丽身旁是年轻的梅里韦尔。这个宅心仁厚的少年，值得一切的赞美。

当费雯·丽哭诉“为什么不能得一种体面的病”时，他温言宽慰；在费雯·丽因病失仪，给被她得罪的朋友写道歉信时，他递上名单。

他在乡间静谧的田野中，为费雯·丽安置了一间小屋，她不拍戏时，便搬去小住。

因他，她才没有孤独终老。

可惜，费雯·丽已经太老了，老到没有力气，好好亲吻他的脸颊。

也老到心思通透，解得开过往心结。

很多事情都要时隔许久，才会慢慢沉淀，慢慢参透。

只是岁月没有等她，也没有人肯为她停留。

在那七十封信里，她用最坦诚的笔触，写下深切入骨的爱。写下自己为了和奥利弗在一起，曾做出多少努力。写下她的感激，感激奥利弗曾为她、为婚姻和家庭，所做的一切。

“过往种种，我将铭记于心，直至失去记忆。”

从前的难以启齿，如今落笔成文，字字如泣。

她幡然醒悟。

爱本应坦荡，本应倾诉衷肠，而非故作矜持，假意清高。

所谓“掩藏真心”，非但不能赢回颜面，反倒让她弄丢了最爱的人。

爱是诚挚，不是攻心。

分开后的七年间，费雯·丽曾路过奥利弗所在的城市，邀他共进晚餐。

奥利弗拒不相见。

那一刻，费雯·丽确信不疑：她爱过的奥利弗，真的是一个很好的男人。他没有始乱终弃，没有见异思迁，相反，他对伴侣、对婚姻，向来忠诚。

错过，是因彼此相隔太远。

隔着心灵的距离，成熟的距离。

所爱隔山海。

他一定想过与费雯·丽共度余生，我也深信他说过的“白首不离”。

只是誓言，仅在说出口的那一刹作数。往后的变数太多，少有人能为年少时的只言片语，背负一生。

如果没有奥利弗，便不会有惊艳世人的演员费雯·丽。

共同努力过，共同成长过，无论结局如何，她都曾为了他变成更好的自己。

这就是值得嘴角上扬的事。

最终，费雯·丽没有寄出那七十封信。

就让这段少女心事化作云烟，留给世人一个高傲的转身。

最后一封信，末尾三行，她写：

> 对我，你不必抱愧。
>
> 倘若来生可以选择，我依然会嫁给你。
>
> 因为被你爱过，是我三生有幸。
>
> 费雯·奥利弗爵士夫人

杜拉斯：

这城市天生适合恋爱，而你天生适合我的灵魂

No Man Is an Island

John Donne

No man is an island,
entire of itself;
every man is a piece of the continent,
a part of the main.
If a clod be washed away by the sea,
Europe is the less,
as well as if a promontory were,
as well as if a manor of thy friend's or of thine own were:
any man's death diminishes me,
because I am involved in mankind,
and,
therefore,
never send to know for whom the bells tolls;
it tolls for thee.

《没有人是一座孤岛》

作者：约翰·多恩　译者：李梦霁

没有人是一座孤岛，

每个人都是一块泥土，拼接成整片陆地。

假如海浪蚀毁一块岸礁，

欧洲便不复完整。

正如海角失掉一角，

你或友人领土缺丧。

我与生灵共老，

任何人的死亡，

都是我的哀伤。

我属于人类，

因此我从不问，哀钟为谁而鸣。

为你，也为我。

骨子里刻着浪漫，童年却没有花香

杜拉斯是法国人，早年父母迁居越南，她生于西贡。

二十世纪初的西贡，是一个纯真而炽热、执拗且凶残的越南城市，傍着湄公河的蜿蜒。

彼时，或许这个国度本身，已是一个隐喻，象征着悲怆、垂死、动荡与无奈，以及永生不灭的孤独。

她笔下的西贡："这世界一成不变，这世界苟延残喘。"

七岁，父亲辞世，孤儿寡母四人勉强度日。

母亲专横强势，独宠长子，对次子和小女儿不闻不问。

大哥暴戾，嗜赌，杜拉斯被母亲逼迫，委身于富人，拿钱供大哥赌博。

小哥哥温柔而孱弱，终日惶惶，如履薄冰，生怕惹怒性情乖张的大哥，招致虐待。

如果杜拉斯当真曾对小哥哥生出某种“不伦”的情愫，却也更像是弱者间相偎取暖，同病相怜。

家，是一方墓。

她坦言，直到家人死亡，自己都不确定，是否爱过他们。

这个法国女人，骨子里刻着浪漫，童年却没有花香。

“每个人劳劳碌碌，我不知道悠闲长大是什么感觉。”

十二岁，杜拉斯向母亲宣告：“我要写作。”

母亲不遗余力地嘲讽：“那是白日梦。”

杜拉斯将文字视同生命，对美好情不自禁，现实却只有荒漠，风雅在泥沼中一文不值。

于是，她只能从头到脚扮作娼妓，魅惑、邪恶，换些钱糊口。

张爱玲叹：“一具丰盈的灵魂，本应归于美景，偏生被弃之荒野。”

情窦初开时，杜拉斯十六岁，恰是最好的年纪。

可是，变态的家庭，贫瘠的哀歌，已然腐蚀了她的心。

“在我很年轻时，一切已经太迟。”

他们很小的时候，母亲有时候会带他们去看旱季的黑夜。她要他们好好看这天空，它在黑夜与白天一样碧蓝，看这明晃晃的大地，一直看到它的尽头。还要他们仔细聆听黑夜的响声，人们的呼唤，他们的歌声笑语，以及同受死亡困扰的犬类哀怨的吠声，还要倾听所有这些呼喊，它们同时诉说难以承受的孤独，和诉说这份孤独的歌声的瑰丽。

她说，人们通常对孩子隐瞒的东西，相反应该告诉他们，如劳动，战争，离别，不公正，孤独，死亡。是的，生活的另一面，既苦难深重又无从补救，也应该让孩子们知道，就像应该教会他们仰望天空，欣赏黑夜世界的壮美一样。

孩子们常要求母亲解释，她这么说是什么意思。母亲总是回答孩子们，她不知道，谁也不知道。而且你们必须知道这一点，首先知道这一点：我们一无所知。

——杜拉斯 《中国北方的情人》

| 长大往往只需一瞬，情爱的沧桑，远胜过时间的经纬

湄公河流淌千年，静静冲刷着太多邂逅与秘密。

清晨，轮渡上薄雾弥漫，杜拉斯邂逅了她的中国情人。

在最指向离别的场景里遇见你，从明知无果的身影中认出你。

“我还小。”

“多大了？”

“十六岁。”

“这不是真话。”

“十五岁……十五岁半……行吗？”

“行。”

杜拉斯笔下的他，很矮，很瘦，比寻常安南人丑陋许多，父亲是中国富商，在印度坐拥五千套豪宅。

相逢之初，她已心知肚明，他喜欢她，并全然接受她支配。

“我只爱他的钱。”十五岁半的杜拉斯果决地断言。

那时的她孤绝、偏执，还不懂爱情。

第二天午休，在她宿舍楼下，中国情人的豪华轿车鸣笛。

杜拉斯从窗口探身，看见那车途经三十五次，没有疾呼，没有停驻，只是路过她窗前时，会稍稍减速。

他的天性里，种着东方人的克制。

她跑下楼，他停车，走下来，注视她。

写字的女人，怎会捕捉不到其间纤细的暧昧？

“我大概会与这个男人发生某些故事。”她想。

心头有风吹过，仿佛宇宙间恰好相遇的浪漫。

他送她去学校，她喋喋不休地盘问汽车价格。

在她眼里的天文数字，于他而言，却如此漫不经心。

“我在校门口等你放学，然后送你回宿舍。”他的口吻依然绅士。

西贡世情复杂，白人女孩大都有专程接送的“司机”，傍晚时分等候在校门口。

此时的杜拉斯，刻意在车前停留，生怕同学注意不到那辆豪车。

偏偏又生出些许羞耻和悔意。

“如果他衣衫褴褛，食不果腹，我还会爱他吗？”她自问。

“不会的，我已受够了那样的日子。”她答。

她定了心：“除了钱，我一概不爱。”

不久，杜拉斯逃出学校宿舍，如一只扑火的蝶，燃起毕生烈焰，站在他面前。

是最遥远，最隐秘，最神圣的玫瑰。

“你来了，用一天惊醒我的迷途，用一世偿还我的天真。”

贫民区鱼龙混杂，烙着殖民的耻辱。

巷弄里挣扎着无数密密麻麻的原住民，街道熙攘，人声嘈杂。

杜拉斯的母亲，那个法国女人，永远恶语相加地怨恨这方土地。

可杜拉斯，却欣然活在这个有毒的国度，活在兵荒马乱的绝望中，然后更深沉地理解这个世间。

情人的单身公寓狭隘逼仄，酸的甜的气味扑面而来。

鱼露，桂皮，卤水，烤鱼，欲火焚身。

游刃有余的洞悉，欲迎还拒的青涩，她陷入情人的欲望，陷入他的天地，他的味道，他的习惯。

笨拙闯入另一个世界，一个华人的世界。

那是大海。

杜拉斯一生信仰自由：“你的身体完完全全属于自己，享受馈赠时的自由，献身时的勇敢，接受时的力量——被生活撼动、抛弃继而又拥入怀中的力量。”

她宣称自己是这样的女人，情欲分清，界限朗朗。

可世上少有人，能够真正划清情与欲的边界。本应仅存欲望的关系，却偏生动了情。

“爱情永存，哪怕没有情人。重要的是，对爱情的痴执，甚至癖好。”

“当我拥你入怀时，我依然想你。”

他给她洗澡。

用“坛子里的清水”，冲过她纤弱的身体。

那时，她年纪尚轻，肤如凝脂。

他指尖柔软而坚定，爱抚她，深情脉脉。

坛子里的水永无止境，她纵容自己沉沦在他的水深火热中。

杜拉斯很早就失去父亲，她渴望亲昵，渴望爱怜，渴望从未得到的亲密。

多年以后，当她垂垂老矣，病魔缠身，是杨，给予她同样的照拂。

“我不能娶你。”情人道。

眼眸里有数不尽的怜意。

这个东方少爷富有、懦弱、奴性深重，从父亲手中继承家产，只得听从父命，娶门当户对的女子。

不屈、桀骜、自尊心高于一切的杜拉斯满目霜雪：“别担心，我只是爱上了你的钱。”

骄傲的杜拉斯不允许旁人怜悯，可疼痛也是真实的。

“那个男人使我的快乐那么抽象，那么纠缠，那么痛苦。”

杜拉斯和东方情人之间，从来不是成熟的爱，不是两个独立人格、两具圆满灵魂的相互吸引，而是两个孤独、渴望爱的小孩，因为残缺，才彼此占有和侵略。

一个需要很多钱，很多爱，另一个，需要成全心底的英雄气概。

注定难敌现实的洪荒。

三年后，杜拉斯离开西贡。

别时，依然是湄公河，她站在船舷上，晨雾氤氲，如同初遇模样。

此后余生寂寂，关于那天的回忆，却晕染着无边无际的温柔，清澈如新生。

她在那一刻死去，也在那一刻重生。

“长大往往只需一瞬，情爱的沧桑，远胜过时间的经纬。”

“我们是情人，我们不能停止相爱。”

与那时相比，我更爱你如今备受摧残的面容

依然是水，浴缸里的水。

二十七岁的年轻男孩——杨，用清水冲洗杜拉斯枯萎的身体，从肩头，浸入心头。

长年酗酒，情史芜杂，纵欲无度，已不似当年东方情人指尖的躯体。

但爱意与温情，仍在。

当然，也有痛。

我认识你，永远记得你。那时候，你很年轻，人人说你美。可是对我而言，我觉得现在的你，比年轻时更美。与那时相比，我更爱你如今备受摧残的面容。

落笔《情人》时，杜拉斯已经很老了，曾吹弹可破的面颊，今已沟壑纵横。

在长长短短的光阴里，总有一个人，一直走在心头。

少时锋利的爱憎，已褪去尖锐，仅余温柔。

我们终究要从彼此的铠甲变成软肋，对往后的晴雨以柔克刚。

因为爱你，方知世事皆可谅。

我已经老了，有一天，在一处公共场所的大厅里，一个男人向我走来。他主动介绍自己，他对我说："我认识你，永远记得你。那时候，你还很年轻，人人都说你美，现在，我是特地来告诉你，对我来说，我觉得现在你比年轻的时候更美，与那时相比，我更爱你现在备受摧残的面容。

——杜拉斯《情人》

杨修读哲学，是杜拉斯的忠实读者，很早就拜读过她的所有作品，对她充满好奇，甚至把其余作家的书全都扔掉，只读杜拉斯。

素昧平生，一无所知，他静默地深爱着一个远方的女人，像海洛因，嗜之成瘾。

情到深处，他说："我爱她，懂她，她的每一个字，每一句话，我反复读过，甚至可以背诵。我想成为她，不惜模糊自己，变成一双只抄写她文字的手。杜拉斯不是作家，她就是文学本身。"

这般崇拜与懂得，大约并不多见。

第一次相逢，在杜拉斯的读者见面会。

羞涩紧张的杨，鼓起勇气问杜拉斯："我可以给您写信吗？"

她写下一行小字，轻声说："这是地址。"

整场见面会，杨的目光牢牢锁在杜拉斯身上，他的眼里只有她，担心尖刻的读者和评论家提出非议，他像一个年轻的骑士，希望永远陪伴她，拥有她，护她周全，免遭风雪。

相比怯弱的中国情人，杜拉斯或许更爱杨吧。

可当记者采访她时，问："这总该是您最后一次恋爱了吧？"

杜拉斯浅笑："谁知道呢？"

从中国情人到杨，六十年过去，时光仿佛在杜拉斯身上静止了。

她没有被任何一任男友改变，依然保留了少女的野性与棱角，拥有未经雕琢的天真和自由。

敏感，好奇，又叛逆。

见面会结束，年轻的读者们邀请杜拉斯去酒吧，深夜两点，她准备离去，杨走过来，对她说："我可否耽误您一点时间，谈谈对您作品的感想。"

两人长谈，直到东方既白。

此后十五年，杨对杜拉斯，从不说"你"，只说"您"，也不直呼其名。这个年轻男孩，一直怀着特有的谦卑和敬意。

他写过成千上万封信，杜拉斯只字未复。

直到觉察杨或将放弃这段没有回响的追逐时，她回了信："我想，我的夜晚不应再交给酒精，我应该早睡，这样才能不死去，然后给你写很长很长的信。”

“我总想在心底保留一处角落，用来独处、爱和等待。我不知爱谁，也不知怎样爱，爱多久。但我知道，你就是这种等待。”

谁能不为这样动人的情话而怦然？

于是，他们开始信件往来。

杜拉斯同他讲隐秘的生活细节、心境和孤独，偶尔近乎无意地提起：我读过你所有的信笺。

她是这样狡黠的女子，像狐，像风，像河流，她懂男人，总会漫不经心地流露出恰到好处的娇嗔与亲密，令人无法抗拒。

她为他做过什么呢？似乎什么也没有。

但在爱情里，女性的魅力不就是举重若轻吗，随时抽离，随时撤退，不失衡，不做苦苦追加筹码的赌徒，这恰是杜拉斯的迷人所在。

杨每周都会关注杜拉斯的专栏，得知她来到自己的城市，于是拨通电话，请求见面。

杜拉斯笑了：“你要与我见面吗，为什么？”

“为了相识。”杨说。

“不，我有工作，我不喜欢新朋友。”杜拉斯挂断电话。

杨回拨，只有忙音。

后来，杜拉斯因《广岛之恋》去意大利参加电影节。

杨又打来电话。

“她说了很长时间，我担心没有足够的钱支付话费，可我不能对她说别讲了。她忘了时间，说找我，我们一起喝一杯。”杨回忆道。

可能是因为夜晚。

夜晚总是容易让人想要重新来过。

二十七岁的杨和七十岁的杜拉斯，终于相恋了。

“我想抱紧你，在弱水三千之前，在人来人往以后。”

我遇见你，我记得你，这座城市天生适合恋爱，而你天生适合我的灵魂。

——杜拉斯《广岛之恋》

爱是疲惫生活的英雄梦想

弗洛姆写《爱的艺术》：“生命是一个奇迹，每个人都是不可解答的秘密。”认识这一秘密令人绝望的可能性，蕴含在支配和掌控中——拥有绝对权力，让对方按照自己的意志去感受，去思想，把他变成私有财产，你才可以全然了解一个人。

就像孩子折断蝴蝶的翅膀，因为他要认识蝴蝶，迫使它交出自己的秘密。

杜拉斯与杨的故事就是如此，并不浪漫，相反，它是血腥的。

两人的关系并不平等，杜拉斯永远高高在上，而杨则俯首帖耳，卑微如尘。

她命令他，并为他做所有决定——从菜单上挑选他“应该”吃的食物，织他“应该”喜欢的毛衣，送他“应该”喷的香水；他想给老朋友打电话，是不被允许的。

她要决定他全部的喜好和存在。

“为了创造你，先要毁掉你。”这种侵略性的爱令杨窒息。他离家出走，消失在夜的尽头，却又在翌日清晨回来，拎着早餐，赎罪般惶恐着，继续扮演杜拉斯的爱人、护工、打字员、仆从，接受她的凶残和莫测。

她嘲笑他：“您看上去像个可爱的男人，但却是不折不扣的龌龊代表。在你身旁，我一直想哭，比认识你之前，还想哭。”

当她恢复冷静时，又那样含情脉脉地凝望他的眼睛，对他说着最深情的话。

杜拉斯曾说：“对一个男性而言，娶一个女作家做妻子是非常残忍的。”

写书的人，始终要与这个世界保持距离，唯此才能清醒。

这是写作者的孤独，也是作品的孤独，不容侵犯。

孤独并不好受，人是群居动物，大多数人会逃避孤独。

也正因如此，不是每个人都能成为作家。

杜拉斯不仅需要孤独，更需要浓烈。

在有据可查的史料中，杜拉斯十五岁遇见中国情人，二十五岁嫁给巴黎男友的好友，婚后与一位美男子坠入爱河，尔后离婚。半年后，又陷入一段三角恋，纠缠十年，最终两个男人先后离开了她。直到七十岁，遇见二十七岁的大学生杨，他成为她最后一任情人。

从未停止相恋。

永远桀骜，永远薄寒，偏爱分离。

杜拉斯是令人畏惧的，却也令人一见钟情。

她不能忍受爱的消减与磨灭，渴望全然吞噬、占有另一个人，拒绝平淡，害怕枯竭。

但激情终归通往消逝，别无他路，这就是赤裸的真相。

所以她不停地爱人，形形色色的男人像匆匆过客，闯入她的生命，然后离开，化成一篇篇不朽。

她不是为了写作而爱人。

而是因为爱人，才写作。

孤独总是与疯狂为伴。这我知道。

人们看不见疯狂。仅仅有时能预感到它。我想它不会是别的样子。

当你倾泻一切，写整整一本书时，你肯定处于某种孤独的特殊状态，无法与任何人分享。你什么也不能与人分享。

你必须独自阅读你写的书，被封闭在你的书里。

——杜拉斯《写作》

少女憧憬一生一世一双人的归宿，都以为能足够幸运，会拥有鲜活如初见的爱情。

年纪渐长，走过几段弯路，阅过一些世事，才知得遇良人，拥有半生宠爱，原是最难得的幸事。

婚姻里，多的是竭泽而渔和彼此厌倦。

光华和通透渐渐流失，不再祈盼欢愉、激情、陶醉这些书里看来的美好字眼，变得市侩、庸俗、浑浊，向世俗投降，是太多少女的宿命。

但杜拉斯不信命。

她偏要占有不竭的爱与激情，不低头，不妥协，纵然深知岁月将磨平一切，却坚信自己的破坏力更胜时光。

这一生，她是星星，保持棱角，锋芒动人。

直到八十多岁离世，杜拉斯依然是充满灵气的少女。

她对死亡最大的恐惧，是不能为爱而死。

哪怕为情所伤，也从未放弃对爱的渴望与追寻。

烫痛的孩子依然爱火。

她什么都懂，却还那么天真。

> 我总想保留一个地方，让我独自待在那儿，可以在那里爱，既不知道爱谁，也不知道怎么爱，爱多久。但要自己心中保留一个等待的地方，别人永远都不会知道，等待爱，也许不知道爱谁，但等的是它，爱。
>
> ——杜拉斯《等待爱》

杜拉斯把爱情当梦想，当信仰，毕生捍卫。

然后，和上苍打赌：我倒要看看，只按照自己的心意生活，能不能过好这一生?

她应当是赌赢了。

一生英勇，一生追寻，得到的是侥幸，失去的是人生。

戴安娜王妃：

在爱情里，不被爱的，才是第三者

Requiescat

Oscar Wild

Tread lightly, she is near
Under the snow,
Speak gently, she can hear
The daisies grow.

All her bright golden hair
Tarnished with rust,
She that was young and fair
Fallen to dust.

Lily-like, white as snow,
She hardly knew
She was a woman, so
Sweetly she grew.

Coffin-board, heavy stone,
Lie on her breast,
I vex my heart alone
She is at rest.

Peace, Peace, she cannot hear

Lyre or sonnet,

All my life's buried here,

Heap earth upon it.

《安魂祷告》

作者：奥斯卡·王尔德　译者：李梦霁

请你脚步放轻，

她正安眠于此处雪冰。

请你细语轻声，

她听得到雏菊绽放之音。

她的光泽金发，

今已锈迹斑斑，

昔日窈窕天真，

此刻葬于冷尘。

肤白胜雪，亭亭如百合，

单纯如蜜糖，她已初长成。

棺盖如石，

压住她的胸膛，

我的孤寂无处安放，

她已安息。

安宁、安宁！

她再听不到婉转的十四行诗和竖琴。

请再添一抔黄土，

我已将全部生命——

葬于此地！

| 生而惊艳

一九八一年盛夏，伦敦城内人群熙攘，钟声齐鸣。全球七亿人，共同见证英国王室的“世纪婚礼”。

戴安娜一袭长纱，坐在彤红的马车里，挽着尊贵的王子查尔斯。

街道两旁的民众，为了一睹王妃风采，露营一宿；全城四千名警察和两千名军官高度警戒，确保婚礼现场不生变故。

这是一场属于全世界的盛筵。用盛大而庄严的仪式，为戴安娜加冕。

二十岁的戴安娜，毫无阅历，毫无准备，一头栽进光鲜的宿命旋涡里，望着悠悠岁月，款款行来。

怦然，怯怯，而祈盼。

她对未来一无所知，对王室、承诺和征服世界都毫无想象，她只是放心地把手交给他，连同余生。

在圣保罗大教堂，王子扶她下车，深情款款。

“你先走，我来帮你扶婚纱。”王子道。

她嫣然浅笑，闪光灯猝然一闪，跟拍的记者抓拍到王妃拌了蜜的笑颜。

翌日，全英报纸头条赫然印着——

“戴安娜：二十世纪最美英国王妃”。

生命是一个童话。

醒来觉得甚是爱你

两年前，一个慵懒的午后，王子去戴安娜家做客。

彼时，他是戴安娜姐姐的男友，而戴安娜，只是姐姐身后不谙世事的小女孩。

戴安娜并不知道，自家客厅里，坐着未来的英国国王，只是听仆人说，家里来了贵客，便兴高采烈地去看。皮夹克，格子衫，灯芯绒裤，长靴，她素面朝天，脆生生地笑着、闹着，闯入他的世界。

飒爽，娇俏，落落大方。

“你是谁？”她大大方方地拿起茶几上待客的苹果，一口咬下去，含糊地问。

他儒雅，沉静，不怒自威。

“别这么没礼貌，戴安娜。”姐姐严肃地说。

“没关系，”他轻轻一笑，“我是查尔斯。”

“你好，查尔斯，我是戴安娜。”她冲他眨眨眼。

那晚，家里举办隆重的晚宴，她才知，这位查尔斯，原来就是王储。

坦白讲，他和电视里不大相似，没那么英俊，却更真实。

晚宴散去，查尔斯向她道别：“你很特别，小姑娘。”

满是深情与宠溺。

两年，从相遇到相守，走过太多阴差阳错和顺理成章，终成眷属。

她想在这个善变的人间，与他执手，看一看永远。

清晨的第一束光照进白金汉宫，唤醒了戴安娜的睡梦。

望着枕边人，她第一次感到心安。

“你醒了，小姑娘。”他声音里满是惺忪。

“今天我们做什么？”她歪着头看他，这是婚后第一天，她满心期待。

“看书、钓鱼或者骑马，怎么样？”

“我不喜欢看书，太无聊了。”她中学就辍学，对读书实在兴趣不高，“不如我们去跳舞，和朋友们一起参加宴会吧！”戴安娜天性好动，热衷社交，迷恋一切热闹。

查尔斯不经意间蹙眉：“你喜欢就去吧，我在家看书，等你回来。”

他是一个回避喧嚣的人，与她截然不同。

她那时年轻，不知这点不同，竟失之毫厘，差之千里。

戴安娜盛装出行，把王子的落寞关在宫廷，暮色四合才归家。

查尔斯正伏在桌前，全神贯注地写字，没有听到她的脚步声。

她走上前，看到一个厚厚的黑色日记本，密密麻麻，写满了字。

“你在写什么？”她温柔地问。

他被她惊到，有些张皇地合上日记：“没什么，你回来了。”

王子起身拥抱她，眼眸里是一贯的宠爱。

戴安娜凝望他的眼眸，深不见底。

锁着曲曲折折的往事。

初入王室，一切都新鲜。

查尔斯忙于公务，时常出访各国，大多数时候不在戴安娜身边，总归是聚少离多。

“今天要出访印度，即刻启程。”早餐后，查尔斯轻描淡写地说。

“带我同去吗？”戴安娜娇俏地问。

“对方并未邀请王妃，不合适带你去。”

“泰姬陵是我的梦中圣地哪。”戴安娜满目神往。

三百多年前，印度王妃英年早逝，深爱她的皇帝一夜白头。随后，他命人历时十一年建成泰姬陵，寄托对亡妻的哀思，泰戈尔称其为“一滴永恒的泪”。

每一个女孩，都曾憧憬遇到这样情深义重的男子，那时的戴安娜只有二十岁，虔诚，清澈，视爱情如生命。

“我一定会带我的爱人去那里。”查尔斯忽然讲了这样一句，目光坚定而游离。

十几年后，两人同访印度，却分别拜访泰姬陵。

陵前，戴安娜形单影只，重新忆起查尔斯坚定而游离的眼神。

原来他口中“我的爱人”，不是她。

查尔斯临时出访，离去匆匆，竟把日记本遗落在书桌上。

戴安娜好奇地翻开。

在那之前，她深信这是查尔斯写给她的情诗。

扉页，是他娟秀的字迹：致我的爱人。

我是个绝望的人，是没有回声的话语，
拥有一切，又丧失一切。
最后的缆绳，最后的祈望，
为你，咿呀而歌，
在我贫瘠的土地上，你是最后的玫瑰。

一九七〇年七月，马球赛场，与你相遇。

这是我一生中最好的一天，天气好得仿佛走着走着就能遇见你。

为了这场相遇，
我在教堂长跪，祈祷千年，
做你必经道旁的一株樱。
无声地盼望，慎重又苍凉。

一九七三年六月，你的婚礼。

你穿着婚纱，走过红毯，可我只是一个旁观者。

有时，我在清晨苏醒，
带着湿漉漉的灵魂，
远处的海洋鸣响，发出回声。
这是一个港口，
我在这里爱你。
我的吻，借这些沉重的船只前行，
穿越海洋永无停息。
如同那些古老的船锚，遭人遗忘，
暮色停泊在那里，码头变得哀伤。

一九八一年七月，并不属于我的世纪婚礼。
她不是你，但你是我永远的爱人，卡米拉。

我喜欢你是寂静的，
仿佛消失，
如同一枚深吻，
封缄了你的唇。
你是我的灵魂，
是梦的蝴蝶，
是忧郁。

我喜欢你是寂静的，
仿佛你已远去。
你的沉默寂静无声，明媚如灯，
是群星，
遥远而明亮，
亘古而哀伤。
我喜欢你是寂静的，
如同你已死亡，
而我在你身旁，
只有幸福，
因那不是真的，而深深幸福。

一字一句，戴安娜心渐成霜。

日记本里掉落一张相片，那是她熟悉又陌生，近在咫尺又遥不可及的丈夫。他牵着一个女孩，看起来沉稳、冷静，和张扬爽利的戴安娜天差地别。

这才是他喜欢的女孩吗，可他又为何向自己求婚呢？

她飞速翻动那本日记，原来娶她，只是王室的一个阴谋。

作为王储，查尔斯需要一位清白、优雅、体面的王妃，最好来自平民，以此鼓舞民心。

而卡米拉年长，已婚，并非合适人选。

王室成员大多知晓卡米拉的存在，却都三缄其口，将毫不知情的戴安娜，狠狠推向一桩枯萎的婚姻，留她孤身一人，陷在弥天大谎里，苟且偷安。

相伴四载，那些信誓旦旦、深情款款，皆是假的吗？

因着那点痴爱，戴安娜的心盲了。

背叛最锋利之处，不是伤害和离开，而是让留在原地的人，束手无策，进退两难。

她怀疑那份爱是否曾经存在，更怀疑自己是否值得被爱，是否足够聪慧，能识别真心和假意。

你会不会也有这样的时刻，哪怕深情错付，所遇非人，却无法避免地陷入自我否定。

你知道，相信是一种选择，所以伤害也是。

是你亲手递给对方匕首，然后露出软肋。

却赌输了。

“只愿上帝保佑那个真正爱过你的人，因为你把她的心都揉碎了。”

这世上最折磨人的病，是人们感到自己不被爱。

——戴安娜

人类最难以承受的两种情感，一是愧疚，一是无力。

在白金汉宫，戴安娜眼睁睁地望着曾经的童话婚姻，一寸一寸走向凋零。

无能为力。

“今晚卡米拉妹妹的生日晚宴，你与我同去。”查尔斯的语气波澜不惊。

她看惯他的逢场作戏，也不戳破。

沉默，成了两人之间唯一的对白。

查尔斯一如既往，佩戴好双“C”交缠的袖章。

那是卡米拉赠予他的礼物，双“C”，是两人姓名的首字母。

戴安娜身处其间，忽然变成局外人。

三个人的感情太拥挤，她喘不过气。

那场晚宴，戴安娜决定做些什么，是捍卫，是反击，抑或是试探。

凭她的身份和容貌，总不至于输。

席间，戴安娜远远凝望卡米拉，她面颊苍老，鱼尾纹很深，晚礼服的颜色过于浓艳，帽子夸张，配饰赘余，从头到脚写满尴尬。

她根本不懂美。

戴安娜恍然生出一种屈辱，不明白自己的丈夫，如何能从这个年老色衰的女人眼里读出魅惑。

人人都说戴安娜天生丽质，顾盼倾城，谁承想竟不及她。

卡米拉端着酒杯，向她走来："你今天真美，戴安娜。"

戴安娜不禁有一丝反胃，又怀了一点好奇——为何有这样不知羞耻的女人，与别人的丈夫有染，还能如此面不改色？

"不必演戏，你们的奸情我心知肚明。"她面色凛冽，决然如伦敦冬夜的积雪。

"你说什么，我听不懂。"卡米拉满脸虚伪的无辜，却无半分闪躲。

"我不是昨天才出生的。如果你还存有半点羞耻心，请尊重王室颜面，离开我的婚姻。我是光明正大的王妃，而你，是第三者。"戴安娜语势铿锵，却不知，面对这段见不得光的地下情，从她开口谈起，就已输了。

输给卡米拉，输给溃不成军的过去，输得片甲不留。

卡米拉嘴角轻扬，挤出一个得体的微笑，泰然道，在爱情里，不被爱的，才是第三者。

戴安娜霎时失语，面对婚姻和另一半，她底气全无。

从始至终，在这场政治婚姻的骗局里，只她一人，动了真情。

卡米拉轻斜手中酒杯，碰上戴安娜的酒杯，说："Cheers！"

杯子撞在一起，是谎言破碎的声音。

她望着卡米拉沟壑纵横的鱼尾纹，一道一道，藏尽心机。

原谅我盛装出席，只为错过你

一九九二年，查尔斯携戴安娜出访印度，拜谒泰姬陵时，她和他分别前往。

在圣洁的大理石前，戴安娜的单人照登上新闻头条，人影茕茕，神色寂寥，向世人孤绝地宣告：王子与王妃，感情已破裂多时。

回到白金汉宫，查尔斯怒不可遏，愤而将报纸摔在餐桌上，目光如剑。

白纸黑字，昭然若揭——“皇室童话婚姻告急：查尔斯王子出轨情变”。

“放规矩点，戴安娜！”查尔斯怒吼道，一改往日深沉。

十五年前，他去戴安娜家做客，姐姐斥责她不懂规矩，他说：“你很特别，小姑娘。”

而今他说：“规矩点。”

这个我行我素的小姑娘，爱时是特别，不爱，是逾矩。

他只是夸了她一句“很特别”，她就把一生交代了，是她没轻重。

“已去之人无可留，已逝之情无可念，若能留、能念，也便不必有今天。”

婚姻破碎，年华清冷，戴安娜心如枯井。

她投身慈善，出访北非、印度、安哥拉、巴基斯坦等贫困地区，资助筹建二十余个基金会。她的善举被联合国授予“人道主义奖”，颠覆了英国王室高高在上的冰冷形象，被首相盛赞为“人民的王妃”。

被查尔斯弃之尘埃的爱，终于摆放在了更值得的地方。

与此同时，她钟情社交，品位高雅，是时尚圈的宠儿，在世人面前，永远优雅得体，不失风仪，为王室增色不少。

“时间没有让我忘记你，却让我习惯了没有你。”

彼时的戴安娜，已走过风雪，历过沧桑，懂得女人行走世间，不仅拥有妻子这一角色。

而爱情，也绝对不是生命。

她放下了对爱情的执念，甚至对婚姻也不再期待，只想努力做一个合格的王妃和母亲，她以为，美丽而慈悲的女人，总不该被命运辜负。

可是她的所有心愿，却一步步被命运逼退。

诞下两个王子，戴安娜患上产后抑郁，最脆弱无助的日子里，查尔斯不曾陪伴在侧，而是天天打球、游泳、骑马，不闻不问，形同陌路。

她已不奢望得到如印度王妃般的万千宠爱，只求寻常夫妻的相敬如宾，却仍不可及。

在媒体面前，查尔斯公开表示，对目前的婚姻不抱任何希望，并坦承与卡米拉的私情。

不久，卡米拉离婚，搬到离查尔斯很近的地方，两人开始小心翼翼地约会。

舆论哗然。

人们忽然发现，童话婚姻的背后，竟是天寒地冻，寸草不生。

高贵的、悲悯的、平易近人的美丽王妃戴安娜，一时间成为千家万户同情的弃妻。

花边小报文辞暧昧，街头巷尾咀嚼着她的可悲——

“这就是灰姑娘攀高枝的下场”。

这世间，爱才是债，恨不是

十八岁时，戴安娜爱过的那个男人，对她爱得稀薄。

她不甘心，不同意，不相信，千万次质问“凭什么”，却无可救药地爱着，甚至觉得他的可恨，他的谎言，亦有几分迷人。

直到查尔斯公然披露情变，她才真正决意了断情意与羁绊。

其实这世间，恨不是债，爱才是。

因为爱，才妥协，才疼痛，以至歇斯底里，负重前行。

若不爱，反是轻松。

像抻着橡皮筋的两个人，不爱的那个先松了手，痛的就不会是自己。

依照惯例，每年情人节，王子与王妃要当众献上“情人节之吻”，以示恩爱。

无论如何败絮不堪，仍要粉饰太平，金玉其外。

可是那年情人节，当查尔斯把脸转向她时，她恍然生出某种遥远而陌生的厌倦。

她熟稔的、爱过的查尔斯，已经死在那句“我对这段婚姻不抱任何希望”里了。

于是，她近乎本能地，僵着脖子，把脸一偏。

也许并未想过报复王室，只是太久不习惯这样的亲昵，不料，却在数百个专业摄影师和成千上万的观众眼里，酿成灾祸。

翌日新闻头条，是“王妃的复仇”。

女王盛怒，勒令离婚。

风光无限地闯入一场童话，狼狈不堪地黯然离场。

有过很多情人，也多是逢场作戏。

穿过水晶鞋的灰姑娘，终究是回不到原点的。

戴安娜曾恨卡米拉入骨，认为是她，劈手夺走了她的丈夫和爱情。

当她不再年轻，才终于明白，这世上没有任何一个人，能徒手打败一段固若金汤的感情。

只是这段婚姻本就千疮百孔，才有机会，出现另一个人。

对第三者的憎恨，毫无意义。

戴安娜与查尔斯——她中学辍学，他剑桥毕业；她热衷社交，他天性喜静；她鲜少阅读，他书读万卷……从才识、胸怀、性情，到出身、涵养，以至精神世界，方方面面昭示着他们并非良配。

灵魂的巨大鸿沟，任凭多少外在的亮丽、一时的新鲜、身体的亲密，都填不满。

漫漫一生，能寻到一个可以交流的人并不容易，尤其对于读过太多书的王子而言，能够“对话”，太重要了。

或许卡米拉不够美艳，不够华贵，但无论是年轻时马球赛场的相识，抑或王子离婚后王室的动荡，她都能与他共同面对，大约是可以互相理解与体谅的人。

查尔斯或许爱过戴安娜，爱过她气质里的那点“野”和“纯”。她与他是那么不同，她过得恣意洒脱，她美得惊心动魄，她单纯得令人心疼……可是婚姻，是一生的抉择，爱对了人，不过短短几十载，若爱错，人生就会变得那样漫长。

她像一只短暂掠过他肩头的春鸟，被他的肩膀迷离了方向，生出想要依靠的渴望。

却终是彼此的过客，天南海北，殊途无归。

缘如朝露。

如果不曾相遇，她本可以更自由，更深情，也更快乐。

单是遇见，已是此生最大的错误。

“你的一生，我只借一程。”

破碎的南瓜车和公主梦

“咔嚓！”

戴安娜坐在高速行驶的车里，突然被闪光灯晃了眼。

身后跟了一辆车，又是狗仔。

恍然忆起那场“世纪婚礼”，在教堂前，王子温柔挽起她的婚纱，她粲然一笑，闪光灯一闪，惊艳了整个世界。

从那时起，她便时时活在相机里，活在头条上，活在众目睽睽间，喜怒哀乐皆不由己，一言一行皆代表着“人民的王妃”的头衔。

十六年间，她从童话中惊醒，历尽背叛、冷眼、离婚、抑郁，饱受争议，心神交瘁。

如今，她与王室再无瓜葛，只想平淡不惊度余生，他们竟不放过她。

这些狗仔像藤萝，像泥沼，像噩梦，纠缠不休，巴望她再出丑闻，供人谈笑。

插翅难逃。

她只是匆匆闯入一场梦，却为此赔上了一生的幸福。

有人说，王妃心里太苦了，上帝不忍看她继续忍受，才召她回去。

“开快点，再快点，甩掉那些罪恶的窥探者！”戴安娜长年抑郁，易躁易怒，霎时崩溃。

细想来，她每一次命运的变迁，都与旁人的目光有关。

嘈杂的人声里，有多少悲天悯人，又有多少幸灾乐祸，不得而知。

伤口不在他们自己身上，旁人便永远不知有多疼。

她终其一生，都无法摆脱在众人舌尖跳舞的宿命。

忽然，戴安娜乘坐的汽车，因超速失控。

天旋地转，血色漫天。

那一刹，她是恐惧，还是哀伤，抑或解脱？

十六年前，那场世纪婚礼，戴安娜坐在一架彤红的马车里，像灰姑娘坐上了奔向盛大舞会的南瓜车。

而今，午夜已到，她的南瓜车，连同公主梦，溘然破碎。

生命是一场喧哗。

玛丽莲·梦露：

所有命运馈赠的礼物，都暗中标好了价格

I Have Not Loved the World

Lord Byron

I have not loved the world, nor the world to me;
I have not flattered its rank breath,
nor bowed to its idolatries a patient knee,
Nor coined my cheek to smiles, nor cried aloud

In worship of an echo; in the crowd
They could not deem me one of such; I stood
Among them, but not of them; in a shroud
Of thoughts which were not their thoughts, and still could,
Had I not filed my mind, which thus it subdued?

I have not loved the world, nor the world to me.
But let us part fair foes; I do believe,
Though I have found them not, that there may be
Words which are things, -- hopes which will not deceive,
And virtues which are merciful, nor weave

Snares for the failing: I would also deem
O'er others' grieves that some sincerely grieve;

That two, or one, are almost what they seem, --

That goodness is no name,

and happiness no dream.

《我从未爱过这世界》

作者：拜伦　　译者：李梦霁

我从未爱过这世界，

相信它对我也一样；

我不曾阿谀它腐臭的气息，

也不曾忍辱负重地屈膝；

我脸上没有堆笑，

更没有厉声哭闹。

世人纷纭，不能将我视作一伙；

我站在人群中，却终究不属于他们。

我从未把头颅，放入他们思想的尸衣；

从未与之列队齐行，被压抑以至温驯。

我从未爱过这世界，想必它对我亦如此。

既然彼此敌视，不如痛快分手吧！
尽管我自己不曾看到，我却相信：
这世间或有不骗人的热望，有真实的言语，
或许还有些美德；

或许有人怀着仁心，
懂得宽宥和悲悯，
不给失败的可怜人以陷阱；
当你伤心，
或许真的有人为你的悲惨而黯然，
哪怕只有一两个，
大约也是有的；

尽管遍体鳞伤，我却执着地相信：
善不只是空话，
幸福，也不只是梦想。

难知是缘是劫

梦露是私生女，没见过父亲。

母亲吸毒，坐过几次牢，有先天性精神病。

她很小的时候，曾见过母亲精神病发作，很可怕。

后来，她被送往孤儿院，没有朋友，那里的小姑娘们欺负她，叫她“瘾君子的小孩”。

不由分说地抢走梦露碗里的餐包、鸡蛋，她若声张，她们就恶狠狠地挥拳头。把她的院服扔进厕所，在阿姨看不见的地方，将垃圾桶扣上她小小的脑袋。

她们下手很知轻重，不至于鼻青脸肿，只是暗地里，掐她的大腿和臂弯，淤青都藏得密不透风。

有时，梦露半夜醒来，鼻孔很痒。手电筒一照，隐隐的，有些鼻血。

永远不要低估小孩子的恶意。

阿姨说，她长得漂亮，女孩们嫉妒，才对她百般刁难。

她想，漂亮大约是不幸的，只会招惹祸端。

因为模样讨喜，梦露总是孤儿院里最快被领养的小孩，却三番五次被送回去。

第一户人家，仅领走她三个月，夏天一过，就举家搬去纽约了。

后来，她又被一对不能生育的夫妇领养，幸运地承袭了全部的宠爱。可是不到半年，养母竟奇迹般怀孕，再度将她遗弃。

每每以为脱离苦海，不过是场海市蜃楼。

她察言观色，谨小慎微，渴望融入人群，融入这个凉薄的世间。

终其一生，未能如愿。

我很早就懂得，远离麻烦的最好方式，是不抱怨，不索求。

——玛丽莲·梦露

说来可笑，梦露第一次嫁人，只为逃离孤儿院。

丈夫在外服役，她在工厂做女工，每天工作十二小时，日子像陀螺，无意义地机械运转。

只是好在，摆脱了孤儿院的贫苦和欺辱。

一个风和日丽的午后，工厂轮休，梦露走在街上。

一位长着络腮胡的高大男子拦住她，上前搭讪，对她的美貌赞不绝口。

她以为遇到了不三不四的小混混，匆匆转身离去。

络腮胡赶忙正色道："我是好莱坞的经纪人，你想跟我去好莱坞拍戏吗？"

梦露狐疑地转过身："我也可以当演员吗？"

络腮胡笑了："你的美貌稍加打造，一定会大红大紫。我做经纪人十多年了，以我的眼光，你必将成为这个时代最炙手可热的明星。"

梦露心潮澎湃。

她还年轻，对这个世界充满野心。

曾为美貌所累，不料有朝一日，竟会因此交到好运。

这副皮囊终于有了用武之地，梦露毫不犹豫地跟着络腮胡走了。

多年后，蓦然回首，那原本稀松平常的一天，竟是此生命运巨变的中转。

或许世间荣枯生死，因缘际会，大多来自命运的召唤。

也难说是劫是缘。

在我们老去之前，好好地活一次。恐惧和悔恨，都愚不可及。

——玛丽莲·梦露

| 所有天赐的礼物，都在暗中标好了价格

一则广告，让梦露一夕之间红遍大江南北。

名利场光怪陆离，裹挟着霓虹与泥沙席卷而至，让她惶恐，不适，又欣然。

络腮胡如今已是她的经纪人，对她讲：“战争刚刚结束，没有一座城市不是废墟。人们太需要性感、赤裸、美艳的女明星，你的出现恰逢其时。梦露，性感是一种天赋，这是上苍赐予你的礼物，你千万不要辜负。”

梦露似懂非懂。

络腮胡是她的伯乐，也是她唯一的依靠。

若不信他，还能信谁呢？

于是，她又接拍了许多广告，街头巷尾，都是她搔首弄姿的妖冶。

一颦一笑，皆是风情。

像一支欲望蓬勃的口红，征服男人，并以此征服世界。

络腮胡早已看清："全世界的男人都是梦露的猎物，她天赋异禀，猎获男人简直轻而易举。"

梦露的性感是高级的，不庸俗，不污浊，反而染着某种涉世未深的轻盈和天真，令战后世界的人们无法自拔。

或许，她真的太年轻了。

和许多涉世未深的女孩一样，在半途就把稀有的美，兑换成一些寻常却易逝的东西。

她们还不懂得：所有命运馈赠的礼物，都在暗中标好了价格。

她只知自己神秘，诱惑，风情万种，又收放自如。

如日中天的时候，梦露遇见了一个人。

很久之后她才懂，有些人出现在你生命里，原本就是为了错过。

他是一位棒球明星，英俊，沉稳，深情。

梦露拍戏到深夜，他等在片场外，接她回家；她三餐极不规律，他为她煲汤煮饭，送去剧组；每一次梦露在外应酬，宿醉醒来，他和猫都在身旁。

与他在一起，是梦露头一次，离人间烟火那么近。

求婚时，他说："梦露，我不想让你一个人这么辛苦，这么孤独，以后请让我来照顾你吧。"

自小尝遍冷眼与离苦，梦露渴望拥有一个家。

婚礼当晚，两人在海边漫步，繁星满空，像一场浩渺的梦。

"假如我死了，你会在我坟前放一枝桃花吗？"梦露的声音很轻。

"为什么这么讲，我们会一起走到很老很老的，变成老头老太太，我搀着你，还在一起看星星。"他笑声朗朗，轻抚她的秀发。

那一刻，世间美好缓缓向她走来。

执手共白头原是一件难事，不知怎的，她每次都希望这是一句真话。

她凝望他："你要答应我。"

他的眼眸深了起来："梦露，我知道你一路走来不容易，吃过太多苦，受了不少罪。以后你有我，我来保护你，不会让你再受伤。我不算温柔，也没有太多成就，但如果你想要一个家和洛杉矶的晴天，我会拼尽全力。"

两行清泪猝不及防地跌落。

像一路走在刀尖上的猫，始终保持优雅，保持得体，终于遇见心疼她的王子，只有在他的怀抱里，才可以柔软，可以哭泣。

终于，终于。

翌日，梦露向全世界宣布："我要做一个好太太，要生六个小孩，要为心爱的丈夫做早餐。"

穿过一生的妥协、虚伪、脆弱，只有那个时刻，她的灵魂铮铮作响。

"一想到你，星星就爬满我的枕畔。"

裙摆扬起的一霎，开始了一生的悲剧

梦露的"好太太"宣言，惹怒了络腮胡。

彼时，他已凭借"捧红玛丽莲·梦露"，跻身好莱坞一线经纪人行列，成立经纪公司，做星探，签新人，他的公司成为最惹眼的造星平台。

他说："这世上好太太很多，不缺一个玛丽莲·梦露。你要时刻牢记，你是全美最性感的尤物，这才是你的标签和辨识。"

络腮胡费尽心机，终于为梦露争取到登上时代广场巨幅广告牌的机会。

他只说："梦露，机会只有一次，好好把握。"

三天后的时代广场，挂起了玛丽莲·梦露一生中最经典的照片：地铁口风起云涌，她一手含羞掩嘴，一手捂住飞起的裙角。

风把裙摆吹得很高，像一朵摇摇欲坠的桃花，灼灼其华，随时倾塌。

裙裾扬起的一霎，她一生的悲剧便开始了。

拍摄广告时，丈夫在片场外，目睹了整个成片过程。

回家后，他第一次打了她。

他为人保守，素来厌恶好莱坞的声色犬马。他不愿看妻子在大众面前兜售风情，把肉体当商品，明码标价。

可他没有想过，梦露能走到今天，历尽多少艰辛。

她不能息影，因她没有退路，没有资本，更没有安全感。

她曾经那么努力地讨好这个世界，讨好养父母，讨好孤儿院的伙伴，寻一衣蔽体，一食果腹，一席栖身，却求而不得。

只有这个汹涌、庞然、纸醉金迷的名利场接纳了她，让她看到努力的回报，哪怕这努力并不高级。

曾寄人篱下才追求家财万贯，惯看白眼，故而渴望万众瞩目。

从前的她，生涩，怯怯，面对镜头会惊惶。而今，她在这里，激流勇进，安身立命。

说到底，对声势浩大的名利场，她割舍不下。

签署离婚协议那天，他落了泪。

“我从前比赛，赚了不少钱，足够我们安稳度过余生。如果不够，我可以再挣。我只想确认你的心，你真的不愿离开那个肮脏的圈子吗？”

望着他的泪水，她几乎动摇。

络腮胡在旁轻咳一声：“梦露，抓紧时间，后面还有一场戏。”

二百七十四天，这段婚姻走向终结。

那晚，天空中没有一颗星。

两年内，梦露再婚，和一位作家。

不久，她怀孕，可惜却没能保住那个孩子。

来年，宫外孕，被迫再次流产。

现任丈夫像所有作家一样敬业，把她的一点一滴编进故事。

在他笔下，她骄纵，不知天高地厚，难相处。

看着丈夫的大作，梦露欲哭无泪。

她深深懂得了一个词，同床异梦。

枕边人对她的苦，她的难，她的所思所念，竟毫无了解可言，还得意地向外炫耀：“我一定要把这部伟大的作品拍成电影，让我的妻子梦露亲自出演。”

没过几年，梦露再度离婚。

她渴望被爱，害怕孤独，依附男人，却从来没有做过自己，只是扮演着人们心中的梦露。

万千名望背后，她从未依照自己的心意过生活。

未尝不是一种可悲。

她本可以更快乐。

| 卑鄙是卑鄙者的通行证

婚姻失败，梦露把全部精力投入演戏。

虽未接受正规教育，但她从未停止读书。

坊间传闻梦露智商一百六十八，高过爱因斯坦。

传言难辨真假，但她的确想通过读书，看到更高远的世界，也让世界看到更广阔的她。

可有些观众总是鲁钝，带着既定的偏见，只愿相信玛丽莲·梦露就是胸无点墨的无脑娇娃。

就连以她为原型的电影《蒂凡尼的早餐》，最后都花落别家。

梦露深知，没人能做一辈子“艳星”，只有挑战更丰盛、更深刻的角色，才能被世人永远记得。

《蒂凡尼的早餐》之事后，梦露开始了长期抗争。

与经纪公司抗争，与媒体抗争，与观众抗争。

好莱坞是这样一个地方，它会为你一个吻支付1000美元，而你的灵魂，只值50美分。

——玛丽莲·梦露

在影片《无须敲门》里，人们盛赞梦露演技精湛，可经纪公司却禁止她接拍同类电影。她想挑战《埃及艳后》，经纪公司竟拒绝让她试镜。

梦露敲开络腮胡的门。

他这几年赚得盆满钵满，发福不少。

“我不想再拍这些卖弄风骚的电影了，我想拍摄一些更有深度的影片，这也有利于我的长远发展。”梦露直奔主题。

络腮胡面无表情：“人们只需要你的性感，何必苦苦追求深度呢？吃力不讨好，只会让人水土不服。”

“可我不愿被限定在这些浅薄的角色里，我完全可以更立体、更有趣。”梦露争辩。

“对不起，观众不需要。”络腮胡冷冷地说。

梦露强压怒火，耐心地说：“演艺圈是一个迅速更新、迅速淘汰的圈子，越来越多更年轻、更火辣的女明星出现在大众视野，如果没有好作品，我很快就会失去立足之地。”

络腮胡嘴角轻扬，冷笑道：“这也是大势所趋，更何况，这与我有关吗？”

梦露恍然大悟——原来，对络腮胡而言，她只是一个行走的赚钱机器。哪有什么知遇之恩，共荣共损，他不过是在利用她，满足利欲。

而今，她渐渐老去，已有新人可替代，络腮胡已经不屑于苦心经营他的谎言了。

眼前的世界分崩离析。

流产，婚姻破裂，事业受阻，流言蜚语……梦露终于崩溃。

“为什么利用我！”她咆哮。

络腮胡面色狰狞：“别忘了，没有我，你哪有今天！”

“你今天的一切，难道不也是因为我才拥有吗！”梦露不甘示弱地歇斯底里。

她恍然忆起患有精神病的母亲，疯起来好可怕。

这么多年，她担心自己会遗传这种病，一直服药，以为能克制得很好，不料今天却一反常态。

络腮胡被她的模样吓到，语气当即缓和下来：“梦露，有什么话我们好好说，你先喝点水，我给《埃及艳后》的片方打电话，预约试镜。”

她坐回去，闭上双眼，疲倦如潮水袭来。

不知过了多久，几个保安闯进来，把梦露钳制住，让她动弹不得。

原来，络腮胡没有给片方打电话，而是按响了楼内的秘密警报。

他眼里只有锋利的凶狠："别忘了，你有家族遗传精神病，我现在就把你送进疯人院，没人救得了你。明天，公司开除你的消息就会登上头条，你的演艺生涯，到此结束了。"

她哀怨地望着他，满眼含恨。

卑鄙是卑鄙者的通行证。

我不曾被狗咬，咬我的都是人。

——玛丽莲·梦露

| 我生命中的千山万水，任你一一告别

精神病院与世隔绝，了无生气。

她忆起儿时的孤儿院，恐惧瞬间攫取了她。

她拼命厮打、尖叫、哀号，活脱脱一个疯人样，即刻被关进重症病房。

墙壁和人间一样冰冷，固若金汤。

那段时光彻底摧毁了她生而为人的最后一丝希望。

病人一律穿着统一院服，按时进食、服药、如厕、放风，仅存的尊严、个性被戕杀殆尽。

麻木，绝望，心如枯井。

切断与外界的一切联系之后，假如有一天她死了，有谁知道，这个世界她曾经来过？

终日被恐惧折磨，不疯，也会疯。

命如草芥，灵魂安在。

所幸，梦露没有死在疯人院。

给她送饭的护士悄悄对她说："我可以帮你，给外面的人打一通电话。"

她第一时间想到的，不是傍过的大佬、合作的拍档、痴狂的仰慕者，而是曾经的爱人，她的第二任丈夫，那位棒球明星。

梦露写下他的号码，塞给护士，暗自祈祷他不要换了号码，不要丢下她。

第二天傍晚，她见到他。

"你瘦了。"他轻抚她的脸颊。

"还好你用着原来的号码。"她热泪滚滚，把回忆烫了一个洞。

“你走后七年，我只怕你找不到我。”他轻轻抱着她。

尝尽委屈的梦露终于落泪：“你也不牵着我，也不怕我丢了。”

他立即帮她收拾行李，牵她走出地狱。

后来，梦露才知道，他接到护士的电话，立刻飞来纽约，对精神病院的医生说：“如果不放她走，我就把这里拆了。”

多么幸运，时光过去那么久，仍有一个人，甘愿为你赴汤蹈火。

生性纯良的人，即便世道狰狞，还是能在千疮百孔的场景里，护你周全。

这是一个人的底色，遇见过，才能对这个世界多怀几分温柔的余地。

可惜，梦露或许很早之前就隐约预感到自己不得善终，于是才有了新婚之夜的约定。

与他，是错过，也是过错。

“我生命的千山万水，任你一一告别。”

葬我以花，悼我以诚，念我以爱

离开精神病院一年，梦露离奇去世，终年三十六岁。

对外宣称的死因，是过量服用安眠药。

人们多是不信的，众说纷纭，流言甚嚣尘上。

那年八月，多位政坛人物迅速与梦露断绝往来，原因成谜。

八月四日，梦露和心理医生共同度过了六个小时，当晚，她曾打电话给好友，语气绝望。

八月五日，警察在梦露洛杉矶的寓所，证实她已经死亡。

如今，梦露离世五十余年，与她有关的官方调查仍被列为高级机密。而她生前所知的一切，也终是伴随着死亡，成了永远无法言说的秘密。

她留给人间的最后一句话是："请你爱我。"

她一生求爱而不得，追名逐利又为其所累，当她懂得情意珍贵时，却为时已晚，令人唏嘘。

皮囊、名利、虚荣，只能给予片刻光鲜，而悦纳、信任、归属，才能带来长久的优雅和安心的力量。

人生路怎样走，是好风借力，还是逆流独行，多是自己选的，世间并无双全法。正是我们的种种选择，慢慢勾勒了我们的余生，不必全然归咎于"命运"二字。

每个人都要为自己的选择负责，或迟或早而已，幸与不幸，都不无辜。

所谓我命由己，并不由天。

人生亦没有绝对正确的选择，只是我们的努力和坚信，才使当初的决定磊落坦荡，能在深夜面对自己，也在通往幸福和正确的航向上，再偏进一厘。

自梦露离世，每年春天，总有一个落拓的男人，将一枝桃花放在梦露的墓碑前，风雨不改。

如果我终将离去，请葬我以花，悼我以诚，念我以爱。

不必流泪，不必悲伤，为我。

简·奥斯汀：
他只牵过一次她的手，她却一辈子没有嫁人

Le pont Mirabeau

Guillaume Apollinaire

Sous le pont Mirabeau coule la Seine,Et nos amours
Faut-il qu'il m'en souvienne,La joie venait toujours après la peine
Vienne la nuit sonne l'heure
Les jours s'en vont je demeure

Les mains dans les mains restons face à face,Tandis que sous,
Le pont de nos bras // passe
Des éternels regards // l'onde si lasse
Vienne la nuit sonne l'heure
Les jours s'en vont je demeure

L'amour s'en va comme cette eau courante,L'amour s'en va
Comme la vie est lente,Et comme l'Espérance est violente
Vienne la nuit sonne l'heure
Les jours s'en vont je demeure

Passent les jours et passent les semaines
Ni temps passé,Ni les amours reviennent
Sous le pont Mirabeau coule la Seine

Vienne la nuit sonne l'heure

Les jours s'en vont je demeure

《米拉波桥》

作者：阿波利奈尔　译者：李梦霁 张书凡

米拉波桥下，淌过塞纳河水与我们的情爱

是否需要提醒我，欢愉总伴随苦痛而来

夜幕降临，晚钟敲响

日复一日，我仍在

彼此相对，手牵手；双臂相挽如桥台

淌过我们永恒的目光，眼波疲怠

夜幕降临，晚钟敲响

日复一日，我仍在

逝者如斯，爱者如是

纵期待炽烈，生活仿若停摆

夜幕降临，晚钟敲响

日复一日，我仍在

日居月诸，周而复始

无论光阴，无论爱情，永不再来

米拉波桥下，淌过塞纳河水

夜幕降临，晚钟敲响

日复一日，我仍在

勒弗罗伊：玫瑰色的私奔

虫鸣，鸟语，雾凉。

将醒未醒的乡村，她在此经历过无数个清晨，偏偏这个清晨，令她心神俱疲。

她在等一个人，张皇，痴缠，且狼狈。

乡间的小路有些泥泞，风眠雨醉时，最难行。

他大约是起晚了。

又或许，是变了主意呢？

再等下去，整座村子就要醒过来了。

露水很重，几乎要弄湿她的眼睛。

此时，有人轻轻拍了拍她的肩膀。

她抬眼望他，只一瞬，她的眼睛就彻底湿了。

他指尖微凉，神色匆忙，接过她的行李，牵起她的手。

两个年轻人一言不发，消失在村庄的尽头。

没有路时，我们会迷路；有路时，也会迷路，因为不知该怎样选。

故事总要终结，却不是每个人都乐见其尾声。

那时的她并不知道，路的尽头，是故事的结局，还是开始。

“我们明早出发去伦敦，周五，你就是我的妻子了。”

为他这一句话，她丢下一切，与他私奔。

姐姐见她行色匆匆地收拾行李，很快便心知肚明。

“你真的要跟他走吗？”姐姐忧心忡忡。

“我从未像现在这样笃定。”她答。

“不顾自己和家人的名誉，一辈子忍受辛劳和低微，一年生养一个孩子，永远无法挣脱清贫的困境吗？”

她转身，凝望姐姐：“我只知道，我还活着，还爱着。”

“可你怎么维持写作？”姐姐的眼眸里尽是疼惜。

“我不知道，可是幸福就在我手里，我抵挡不了它的诱惑。”她落了泪。

“如果你确信你的选择，我会尽可能帮你隐瞒，我希望你永远幸福，简。”

从那一刻起，简·奥斯汀下定决心，离开曾生于斯、长于斯的家乡，牵着他的手，以为是奔往幸福的远方。

那是十八世纪末的英国乡镇，二十一岁的简·奥斯汀，英勇，果决，惊世骇俗。

车辙陷在乡路的泥土里，马车动弹不得。

车夫一边咒骂阴雨缠绵的天气，一边让两人下车，小声嘀咕：“这些私奔的男女。”

言语间，似有些见怪不怪。

天还未大亮，林间薄寒依旧。

他帮车夫推车，让简·奥斯汀在旁等候。脱下大衣，披在简的肩头，一张相片从大衣口袋滑落。

简俯身拾起，照片上，是两个大人和十二个孩子，想必是他的家人。

真是一个庞大的家族，她想。

简把照片放归原处，无意间却探到一张纸。

幸亏你寄来的钱，我们才又一次渡过难关。妈妈的身体有些好转，但还是要吃药。小弟到了读书的年纪，我们几兄妹先教他认字，但学还是要上的，学费也是个麻烦。哥哥，你跟着叔叔好好学，不要惹他生气，你是我们一家人的骄傲，和唯一的依靠。

马车重新上路，简·奥斯汀心事重重。

那封来自他妹妹的信，寥寥数语，字字击中她的心。

从前，她只知他是律师，依靠法官叔父的提携，却不知他还有一大家人需要供养。

而他的叔父，是那么嫌恶她，甚至曾说："你若娶简·奥斯汀为妻，立即断绝叔侄关系。"

若两人一走了之，他的家人如何度日？

念及此，简·奥斯汀让车夫停下。

"我们大约真的做错了。从现在起，我回家去，你回伦敦，全当这一生从未相识。"简·奥斯汀面色凄寒。

他错愕："你怕了吗，简？"

"我是怕了，我怕你为我失去一切，我怎么忍心？"

"我比任何人都清楚后果，但我无法生活在谎言里。如果我们不能在一起，生命还有什么意义？"

"你的兄弟姐妹怎么办，你的家人呢？他们全部依靠你，而你只能依赖你的叔叔。"

"我可以独立，可以养你，也可以供养家人，我一定会出人头地。"他义正词严地分辩，像所有血气方刚的少年一样许诺。

"清醒点吧，勒弗罗伊，你是伦敦的律师，你叔父是伦敦的最高法官。与赤贫的妻子结婚，做最高法官的死敌，你怎么可能出人头地？”

“可是，你可以做到吗？你可以背叛自己、放弃爱情吗？我们离幸福那么近，难道要在这里放手吗？”他近乎绝望地质问。

“我们别无选择。”

说完，简·奥斯汀头也不回地消失在晨曦里。

我们这一生，总是渴望远行，又眷恋归属。想要自由，又有太多无法割舍。

车夫望着她远去的背影，漫不经心地念了一句：“这些私奔的男女。”面上有种早知如此的神色。

回到家，简·奥斯汀对母亲说：“爱情的确是愚蠢的事，抱歉，我曾经让你失望。”

对那些在贫寒中挣扎已久的人而言，爱情是太过奢侈的事。

纵然是在这私奔的荒唐时刻，她到底是清醒了。

不束缚，不羁绊，也不占有。

无期待，无怜悯，亦无恐惧。

这场玫瑰色的逃亡，轰轰烈烈后，重归安宁。

大凡家境贫寒、受过教育的青年女子，总把结婚当作一条仅有的体面退路。尽管婚姻未必会幸福，却总算给自己安排了一个可靠的储藏室，日后不至挨冻受饿。

——简·奥斯汀《傲慢与偏见》

卫斯理：恋人未满，挚友一生

简·奥斯汀的家乡在英格兰东南部。

兄弟姐妹八人，父亲是学识渊博的牧师，为人温和，担任四十余年教区长。

母亲是那个年代典型的乡村妇人，辛勤，热闹，聒噪，对柴米油盐的日常兢兢业业，也对邻里家事津津乐道，毕生所愿是女儿们能嫁给有钱人。

第一次见到卫斯理，她就打定主意，让简·奥斯汀嫁给他。

简·奥斯汀坚决抗争。

母亲说："没有人愿意为了金钱而结婚。但你看看我，我五十岁了，还要自己喂猪、挖土豆。谁愿意整天满身满手的泥巴，为了微薄的收成劳劳碌碌；谁愿意一年四季起早贪黑，把自己永远装在围裙里？简，你还太年轻，不知道我是为你好！"

面对吵吵嚷嚷的母亲，简·奥斯汀淡然道："如果这世上只有将就的婚姻，如果所有的婚姻皆是坟墓，那我宁可一辈子不嫁。”

“你想永远被邻居当成茶余饭后的笑柄吗？一辈子贫穷，一辈子受人冷眼，一辈子被嘲笑‘可怜的老处女’。”

“我渴望爱情，渴望理解，这难道有错吗？”

“像你这样出身的女孩子，怎么也敢奢求爱情？爱情令人神往，金钱不可或缺。”

“贫穷不能使爱情屈服，也不能让我的精神蒙尘。我可以依靠写作。”简·奥斯汀满眼倔强。

她想，母亲是可怜的，一辈子都不知道什么是真正的爱，真正地相信。

人的本性总是如此，对糟糕、罪恶、痛苦有无限的忍受力，却对爱与美本能地怀疑和恐惧。对财产名利趋之若鹜，却对真正的情意惶恐，试探，最终落荒而逃。

虚荣心和幸福感，哪一个才是我们真正追求的，又有多少人能坚定地走自己的路？

混沌一生也是好的，太多人都在蒙着眼睛走路，但简·奥斯汀太清醒，以至于无法无知无畏而光鲜地活着。

我们活着是为了什么？不就是给邻居当笑柄，再反过来嘲笑他们。

——简·奥斯汀

作为结婚对象，卫斯理是不错的选择。

家境殷实，受过正规教育，单纯善良，仪表堂堂。

可简·奥斯汀并不喜欢他。

她钟情阅读，十三岁开始写作，对语言表达天赋异禀，与沉默寡言的卫斯理几乎没有共同语言。

他不能理解她灵感乍现、突然离席的失礼，也不懂她苦苦推敲一个词语时的眉头紧锁，她广阔的精神世界，他站在门口，跨不进去。

但他可以在姨妈挖苦简·奥斯汀想攀高枝时，默默走下姨妈的马车，与简·奥斯汀并肩步行；在她写就一篇小说，被那些以“调情”为主业的妇人不屑时，真诚地为她喝彩。

很难说，这世间哪一种感情才算真爱。

对一个女性作家而言，懂得与陪伴，哪一个才更重要？

毫无疑问，简·奥斯汀选择了前者。

但选择后者的，也未必不幸福。

她们通透，因不够深爱，便无意全然参与丈夫的所有人生，少了控制和占有，就不会在逼仄的婚姻里彼此窒息。

婚姻之外，你是你，我是我，既亲密，又最大限度地保留了自我，对拥有独立人格的女子而言，未尝不是好事。

因为她们的战场，本就不是婚姻、厨房、昼夜，世界辽阔，万物可爱，她们不止活在狭窄的爱恨里。

简·奥斯汀曾询问另一位女作家：“有没有人能同时扮演好作家和妻子的角色？”

对方答：“没有。”

对生活，她们体悟更深，想要更多，对爱情，她们更敏锐，也更脆弱。

这些利于创作的品质，在生活面前皆是劣势。

“我能真正拥有你吗？”

可是一个人，永远无法真正拥有另一个人。

这是多么绝望又令人不甘的结局，因为清醒，才更疼痛。

与勒弗罗伊相识相恋，成了简·奥斯汀毕生的痛，却也成就了她流芳百年的才情。

今生，他们曾互相馈赠予成全。

单是遇到你，就已是答案

青年才俊勒弗罗伊初来乍到，村子里的女孩们都雀跃极了。

他俊朗，风流，来自遥远的伦敦，满足乡下女孩对白马王子的所有期待。

好客的村民为他筹备欢迎舞会，他却姗姗来迟。

“他是伦敦很有名的律师呢。”女孩们叽叽喳喳。

“因为迟到而出名吗？”简·奥斯汀冷冷地嘲讽。

当周遭女性持着“驯服男人是我们的职业，必须时刻加以练习”的思想时，她另类、理智、淡漠，甚至还有些刻薄。

整场舞会，傲慢的勒弗罗伊拒绝所有邀舞，甚至对同伴直言，简·奥斯汀长得“不大漂亮”。

简挖苦道：“在这样男性明显少于女性的舞会，拒绝女性的邀请，可能就是来自大城市的教养吧。”

简这样的女性，不需要被恭维、被取悦，也不在意是不是别人眼中的温柔淑女，她知道自己从哪里来，要成为谁，所以不被定义，也不屑讨好。

傲慢让别人无法爱我，偏见让我无法爱上别人。

——简·奥斯汀《傲慢与偏见》

第二次相遇，在树林里。

那时，他已知道她是一名作家。

所有人都说，她的文字那样灵动，才华那样迷人，他却看穿了她的局限。

“你的小说是虚构的吗？”他问。

“不，它们是真实的世界和想法，是真相。”她答。

“真实世界只存在于想象中吗？”

“不完全是，但想象带来独立。”

“自以为是的女人。”他浅笑，算是还击她初见时的挖苦。

“我想你大概是对女性有什么偏见。难道女性的作品，就无法反映人类伟大的智慧吗？女性就无法了解人性的隽永、幽默和美丽吗？”简·奥斯汀诘问。

“你了解人性吗？”他狡黠地扬起嘴角。

简一时语塞，没有人敢说自己了解人性。

“恪守礼数，使你的文章始终受困于妇人视角；缺乏经历，又让你不够了解男人，不够了解这个世界，思想难以开阔；而情感太过浓烈，迟早会为你惹来麻烦。”

如今看来，勒弗罗伊对简·奥斯汀的评价非常精准。她在描写日常，刻画内心，呈现错综复杂的琐事方面颇具天赋，甚至惟妙惟肖，但视角却难免过于狭隘，对时代背景和人类命运的探讨流于表面。又或许，她本无意于探讨更深远的世界，弥漫着烟火气的世情人间，已足够令她留恋。

但勒弗罗伊，这个出色而危险的男人，无疑是懂她的。

写字的人，总是难免为了“知己”二字，赔了一生的幸福。他们深信，最好的爱情是找一个与自己灵魂相惜的人，一个望得穿自己内心世界的人，由此便不会担心，在汹涌人潮中彼此走散。

如你所知，这世间本没有诗人、画家、哲学家，有的只是相同的善感的心。

正如你知一切相逢本如朝露，然而，然而——

简·奥斯汀的心在搅动，这场夏日风暴即将来临。

是他，让她的二十一岁蓬勃而生动。

她曾问他："为什么是我？"

他说："你是最好的。"

她叹："若你遇到别人，大约也会这样说。"

他笑："对于庞杂而无常的人类命运而言，单是遇到你，就已是答案。"

你别蹙眉，我走就是

这是伦敦。

无数异乡人在这里栖息，相聚，过渡，别离。

迷人而坚韧的城市。

简·奥斯汀跟随勒弗罗伊来到伦敦，拜访他的叔父，希望通过短暂的相处，令叔父生出些许好感，同意两人的婚事。

为掩人耳目，他们邀请了镇上一位伯爵夫人同行。

同餐共饮，朝夕相对，叔父对这位天马行空、我行我素的年轻女孩颇为侧目，尽管她不够温婉知礼，缺乏淑女风仪，但她出众的聪颖和幽默，都是那样令人陶醉。

假以时日，或许简·奥斯汀可以被他的叔父接纳。

偏偏世事无常，叔父很快便得知了简·奥斯汀的身世。

牧师的女儿，出身贫寒，姐妹众多，年幼的妹妹甚至与一位军官私奔，流言蜚语甚嚣尘上。

有人说，是村子里嫉妒简·奥斯汀的女孩写信出卖了她，有人猜测是爱慕她的男孩设法阻拦，但更有可能，是叔父遣人调查了她的背景。

叔父大发雷霆，他不允许优秀的侄子，将来要继承自己衣钵的律师，娶这样一个身份低微的女孩。

面对叔父的逐客令，勒弗罗伊退缩了。

“你知道的，我在伦敦求学、生活，所有的费用全部依靠我的叔叔……”

简·奥斯汀不言不语，转身离去。

那天伦敦大雨，雨水末日般沸腾。

雨中，她疲倦得仿佛失了心魄的游魂。

明知终将结束，却还是想与上帝赌个输赢。

有缘无分，究竟是造化的安排，还是怯弱者的借口？

那就走吧，不必把一个原本浪漫的夏天，拉扯成彼此痛苦的几十年。

“只是我心里的山呼海啸，你毫不知情。”

> 我一直在跟自己斗争，可是我失败了，今后或许仍会失败。我再也无法控制自己的感情，请你务必允许我告诉你，我对你的仰慕和爱恋是多么的狂热。
>
> ——简·奥斯汀《傲慢与偏见》

大约又过了几个月，他找到她，倾诉思念，并决定带她私奔。

她那么爱他，爱他的狂狷和讽刺，爱他无与伦比的才思。

而他，又是那么了解她，欣赏她，帮助她在思想深度上走得更远。

可是当她在私奔途中，看到他家人的照片和来信，她理解了，原谅了，释然了。

人人皆有难处。

她善良，同情，悲悯，正因如此，没有人能成为另一个简·奥斯汀。

婚姻，是达成契约的两人以必要的理智和坚韧共同面对生活，单是爱情，不足以成就并维系一段婚姻。

这令人憎恨也令人热爱，令人发笑也令人叹息的命运。

她终是放弃了他。

也成全了他。

“你别蹙眉，我走就是。”

勒弗罗伊订婚的消息，和姐姐未婚夫死在战场的噩耗同一天传来。

村子里下了那年冬天的第一场大雪。

姐妹两人抱头痛哭。

她们都是心比天高的女子，信仰爱情，不肯为任何名利折腰，也不愿用青春和美貌换取任何轻飘飘的东西。

“你还会继续写小说吗？”姐姐问。

“当然。”简·奥斯汀答。

“故事的结局好吗？”

“他们都心想事成了。”

无数个辗转难眠的午夜，简·奥斯汀落笔写下《傲慢与偏见》。

家财万贯的傲慢公子达西，爱上了乡下女孩伊丽莎白，两人兜兜转转，冲破重重阻碍，终成眷属；而伊丽莎白的姐姐，也如愿嫁给了多金又深情的宾利先生。

那些现实中坚硬冰冷的结局，在简·奥斯汀的小说里终得成全。

“就算时间从头再来许多次，就算青丝变白发，沧海化桑田，那个初夏，我依然会对你一见钟情。”

她开始理解，他无论在个性方面和才能方面，都百分之百是一个最适合她的男人。纵使他的见解、脾气，和她不是一模一样，却定能让她称心如意。

这个结合对双方都有好处：女方从容活泼，可以把男方陶冶得心境柔和，作风优雅；男方精明通达，阅历颇深，也一定会使女方得到莫大的裨益。

——简·奥斯汀《傲慢与偏见》

年少时，不辞辛苦地喜欢一个人，以为“我爱你，与你无关”是何等浪漫迷人的情意，明知不可为，却忍而不舍。

后来便不会了。

不能在一起，就罢了。

这世上有那么多位置可以安放两个人，做不得情侣，谁知一定不是最好的结局。

假如人生总是如此执意，将错过多少美好呢？

对那些错过的、求而不得的，不如放过自己。

不执迷，不偏颇，不勉强。

历经种种纠葛，卫斯理，那个稍显木讷的富有少年，依然温柔地对简·奥斯汀说：“我等你重拾信心。”

只不过，她太骄傲，怎会允许婚姻建立在同情与妥协之上。

“我不够爱你，卫斯理，一辈子那么长，我怕我没勇气走下去。”简·奥斯汀再次拒绝了卫斯理的求婚，也拒绝了六百万英镑的财产。

这一生，她只忠于自己。

比全印度所有珠宝加在一起更宝贵的，是一颗爱慕的心。

——《成为简·奥斯汀》

除了你，我拥有全世界

她永远无法忘记情窦初开时的恋人，一身逆鳞，永远不驯。

他是初春清晨熹微的光，是夏至午后滂沱的雨，是晚秋黄昏习习的风，是隆冬深夜凛冽的雪，他存在于万物。

他活在她笔下，她心头，供她缅怀，供她深陷，念念一生。

人说，若不会遗忘，就背负绝望。

“我却宁可活在绝望里，也不忍忘了你。”

简·奥斯汀四十二岁那年夏天，生了重病，医治无效，在姐姐的怀里死去。

离开简·奥斯汀，勒弗罗伊的仕途扶摇直上，接任爱尔兰首席大法官，九十岁才辞去此职。

听从家族安排，娶了一位大家闺秀，育有八个子女，其中一个女儿，名叫简。

一切回到最初的模样，事如人愿。

临终，他向侄子坦言，曾与一位女作家，有过一段“少年之恋”。

简·奥斯汀终生未婚，将未了的情愫全部投入创作。

或许也曾动摇过，去过一种舒适的人生，去将就一段感情，跟从世俗的目光踏入婚姻，却最终没有办法欺骗自己。

终其一生，她没有再爱过别人。

也不是只有被爱的人生才值得一过。

嫁给雪山和田野，嫁给风里的诗句，嫁给风尘仆仆的炉火，和一望无际的麦浪。

年复一年，春秋冬夏，她独自涉过所有时光。

除了爱情，她拥有一切。

奥黛丽·赫本：

每一个不曾起舞的日子，皆是对生命的辜负

Song

Christina Georgina Rossetti

When I am dead, my dearest,
Sing no sad songs for me;
Plant thou no roses at my head,
Nor shady cypress tree.
Be the green grass above me
With showers and dewdrops wet;
And if thou wilt, remember,
And if thou wilt, forget.

I shall not see the shadows,
I shall not feel the rain;
I shall not hear the nightingale
Sing on as if in pain.
And dreaming through the twilight
That doth not rise nor set,
Haply I may remember,
And haply may forget.

《歌》

作者：C·G·罗塞蒂　译者：李梦霁

在我死后，亲爱的，
请别唱悲歌。
不必在我坟头插一株蔷薇，
也无须植上亭亭的翠柏。
让荒烟蔓草将我覆盖，
洒下青青细雨，霖霖晨露，
对我，
你愿记得便记得，
你若忘却，且忘却。

见不到绿树成荫，
触不到潇潇夜雨，
听不到夜莺啼血，
如怨如慕，如泣如诉。
迟暮的梦境将醒未醒，
浅浅的暮霭非升非降。
对你，
也许我会铭之如刻骨，
抑或我将忘之若清风。

没有人拥抱我

赫本的童年没有多少欢乐的时光。

父母性情相似，都是固执坚硬的人，少有温柔，争吵是家常便饭。

每当他们激烈争执时，小赫本就躲在餐桌下，怯怯地蜷成一团。

许是从小厌恶吵嚷，在赫本的一生中，人们从未听到她高声讲话。

某天清晨，父亲不辞而别，从此离开妻女，再未归家。

几年后，父母离异。

赫本的母亲勤勉，自律，她关心女儿，却不善表达爱意。

在母亲身边，赫本养成了律己勤恳的性格，使她日后在盛名之下，依然能够平衡欲望与责任，努力而不功利，淡泊而无私心。

平静自持，承担压力，抵抗诱惑。

> 父母离异是我孩提时代遭受的最大打击，我崩溃了，不停地哭。我崇拜父亲，但他在我6岁时便失踪了，我非常想念他。假如我经常见他，我就能感到来自父亲的爱，可事实是，我嫉妒那些有父亲的孩子，她们哭着跑回家，因为家里有父亲。母亲非常爱我，但她不会表达，没有人拥抱我。
>
> ——奥黛丽·赫本

第二次世界大战一夕爆发。

睡梦中的赫本被母亲摇醒："快起床，战争爆发了。"

战乱、饥荒、恐惧、死亡，第二次世界大战的阴霾，笼罩了整个荷兰。那一年，赫本十岁，居无定所，食不果腹。

每天只吃一顿饭，主食是捣碎的豆荚，就着野草熬成的清汤，没有面包，没有蜡烛，没有干净的饮用水。

小赫本营养不良，还患了黄疸，险些要了她的命。

这是父亲走后，她最糟糕的记忆。

我没有少年时光，朋友很少，内向而缺乏安全感，看上去不像那些十几岁年纪，无忧无虑的小孩。战争教会我珍惜每一天，踏实生活，因为活着本身，已不容易。

——奥黛丽·赫本

祖母常来信，寄些衣服，赫本回信时，总会提起思念父亲。对战争，缄口不提。

她似乎有种与生俱来的超然于灾难之外的能力。

一九四三年，一名英国伞兵降落在荷兰的高山上。

赫本被派去寻找伞兵，传递情报，因为孩子出现在森林里不易引人怀疑。

聪敏的小赫本在伞兵藏身处唱英文歌，顺利完成任务。

回家途中，她采了一束花，她想，如果被人拦住，就说是来摘花。

果然，她遇到了巡逻的德国士兵。

小赫本微笑着向他行礼，并把花束献给他。

德国士兵觉得这个漂亮小孩十分可爱，冲她露出慈父般的微笑，很快就放她走了，还向她挥手道别。

短短几分钟，赫本看似镇定，内心却度秒如年，惊恐万分，直到回家仍瑟瑟发抖，生怕被纳粹逮捕枪杀。

战时，人们见惯了纳粹的暴行，赫本曾目睹当法官的舅舅被纳粹尾随，不久就被暗杀。

“我常想，如果这一切结束了，我还活着，那我再也不会抱怨任何事。”

每一个不曾起舞的日子，都是对生命的辜负

芭蕾舞，塑造了赫本绝世优雅的形体。

早期训练时，舞者需注视镜中的自己，并非顾影自怜式的自我欣赏，而是观察自身形态的不足。

因此，赫本不大喜欢照镜子，总觉得镜中的模样有些奇怪。

这种训练使她更加平和谦卑，当同代女星为美貌所累，用美丽换取名利时，赫本却拥有美而不自知的独特韵味。

十八岁时，赫本只身远赴伦敦，学芭蕾舞。

她夜以继日地训练，无暇恋爱、聚会、看戏，伦敦的浮华对她并无诱惑。

可惜，天赋异禀和勤能补拙之间，尚有一线之隔。

作为芭蕾舞演员，赫本有其难以破除的局限——她太高

了，找不到合适的男伴，就算付出百倍辛苦，仍难成为最顶尖的芭蕾舞者。

赫本深知自己的短板，当有机会做演员时，她毅然转行，放弃了钟爱的芭蕾。

人生永远行走在得失之间，重要的是清楚自己想赢得什么，又输得起什么。

转行后，赫本参演了几部音乐喜剧，小鹿般清澈的表演使她很快声名鹊起。

人们说："她一定经历过什么严重的变故，否则在她十岁时，就应该声名大噪。"

她像深海，平静、谦和、淡泊。

大约是年少见惯生死，历尽别离，自然对身外之物少了几分执念。

长年身处名利场，赫本的淡然格外夺目。

二十世纪八九十年代的欧美女星，贫苦出身如梦露、香奈儿，额上写满野心，眼里刻着锋芒，为争名利场的一席之地厮杀生猛，不留退路，有种铁骨嶙峋的绝代风华。

而赫本不同。

她没有那种显而易见的凛冽，她温柔，甚至温暾，却在看似柔软的外表下，坚定地顺从内心的方向，行过每一步。

我照看自己的健康，世界会照看我的思想。

——奥黛丽·赫本

你的一生，我只借一程

罗马的夏季潮湿闷热，一如置身桑拿房。

拍摄《罗马假日》时，正当盛夏，酷暑难耐，还有好奇的行人和游客不时中断剧组拍摄，这是非常辛苦的一部戏，但赫本从无怨言。

为讲好一句“你好，亲爱的”，赫本用八种演绎方式，最终决定使用其中一种。

男主角格里高利·派克形容她：优雅而不刻板，高贵而不自负，有品位而不势利。

派克比赫本年长十三岁，身高一米九，正直，诚恳，彼时已是家喻户晓的男明星，在一段婚姻里，有三个儿子。

但当他第一眼望见赫本，他说：“她才是这部戏的明星。”

“其实我知道，戴耳环并不能带来好运，只是刚好戴耳环的那一天，我认识了你。”

《罗马假日》是一部关于爱与责任的经典影片。

赫本饰演的公主访问罗马，因厌倦宫廷国务，悄悄溜上街头，邂逅了派克饰演的平民记者，两人同游罗马。

途中，记者意外发现公主身份，偷拍了许多照片，想炮制一个大新闻，借此扬名。

但两人在相处中互生情愫，最终，记者放弃曝光公主的念头，公主因皇室身份，忍痛放弃爱情。

戏里，赫本单纯，好奇，不做作；派克俊朗，幽默，风度翩翩。

可惜两人之间，隔着皇室与平民的鸿沟，隔着情意与责任的羁绊，隔着今生的距离。

一对璧人未成眷属，公主退回皇宫高墙，记者走向车水马龙的平淡中。

责任，是赫本用一生去完成的命题。

因拍摄环境艰苦，《罗马假日》杀青延期，赫本为此取消婚礼。

原定婚礼当日，她只有四小时与未婚夫团聚，赶不及试穿婚纱，便匆匆赶往排练室。

三个月后，两人分手。

《罗马假日》公映，赫本红极一时。

恰是从这天起，她的快乐也越来越稀薄。

担忧占据了喜悦，责任剥夺了自由，她心思重，总担心下一部戏不够好，配不起众人的期许。

即便已是炙手可热的女星，她依然生活简朴，从不收藏珠宝，只有一手提箱的衣物，随时出发，随时留下。

记者问：“是什么特质让你成名？”

赫本答：“学会放弃某些东西。”

《罗马假日》为她带来了奥斯卡最佳女主角的殊荣，但嘉奖不是兴奋剂，而是镇静剂。

“我身上背负了某种必须取得成功的责任。”

对她而言，成名不是奢侈放纵，反而暗含了自我牺牲。

受母亲影响，赫本克勤克俭，不断精进，总是设定极高的标准，苦苦追求。

绝不允许自己松垮，庸碌，坍塌，荒芜。

| 若无人分享，未来便不完整

赫本的第一任丈夫梅尔，是一个与她非常相似的人，友人说，他们更像兄妹，而非夫妻。

梅尔是导演、演员，幼时患小儿麻痹症，手臂瘫痪，后期经过艰苦训练，才与常人无异，并做了演员。

女人慕强是天性，赫本总是仰慕意志顽强、野心繁盛的男性，但这样的人却未必适合她。

与赫本结婚前，梅尔已有过三段婚姻，均以离婚潦草收场。

彼时，赫本的身体每况愈下——超负荷的工作，苛刻的自我要求，母亲对梅尔的不满，使她压力重重，心力交瘁。

梅尔替她拒绝了所有的社交邀请，每周末陪赫本在康复中心度过。

不久，赫本离开纽约，定居瑞士。

“我想享受生活，不想被生活打垮。”

在少女峰脚下，赫本审视过去，回顾所有悲喜：“如果无人分享，我的未来就是不完整的。”

于是，她同意了梅尔的求婚，送予他一块手表，刻着“爱上那个男孩”。

在梅尔的悉心照料下，赫本逐渐康复。

当她想偷偷喝一杯威士忌时，梅尔会拦下她：“亲爱的，喝牛奶。”

家人，童年，团圆，温暖，这些在战争年代失去的人间烟火，往后很多年，是赫本最深沉的渴望。

婚后，赫本依然恬淡，与世无争，减少工作量，计划生小孩，不想因拍戏，占用作为妻子和母亲的时光。

她常去片场探班梅尔，想离他更近一点：“我们尽量不要两地分居，聚少离多拆散了太多对好莱坞夫妻。”

从前为《罗马假日》取消婚礼的她，如今已将家庭置于首位。

两年后，赫本怀孕。

她为婴儿织毛衣，粉色、蓝色各一套，女孩、男孩都准备。

“我每时每刻都在想着我的小宝宝，像个与世隔绝的女人，焦虑地度过每分每秒。”

可惜天意弄人，赫本在某次拍摄中坠马，不幸流产。

此前她已流产过一次，并在之后多次流产。

当她顺利生下西恩时，这个虚弱的新手妈妈抱着孩子，从头到脚打量，问梅尔：“他一切都好，是吗？”

做母亲后，赫本推掉无数片约。

每天六点半起床喂婴儿，梅尔在家时，她会为他做早餐。

晚上哄孩子睡着，他们在小厨房里安静地吃饭，闲时一起阅读，每周去逛两三次超市。

平淡简单的幸福轻而易举地俘获了赫本，她对这种细碎的温馨毫无抵抗力。

而此时的梅尔，事业却遭遇瓶颈。

年纪渐长，做演员，被年轻的后浪迎头赶上；做导演，票房总是惨淡，就算赫本出演也无力回天。

两人事业差距越来越大，关系日渐微妙。

赫本逃回工作，希望通过离家拍戏，给彼此留下喘息的空间。

但她时刻牵挂梅尔，凌晨两点收工，也要去通宵营业的小酒馆，与梅尔通电话。

为了竭力保持家庭完整，赫本压抑了所有的委屈。

没有工作时，她去片场陪梅尔，包揽了助理、编剧、制片等职务，她说："梅尔对自己要求很高，如果我跟他在一起，至少可以帮一帮他。"

可惜感情，是这世上唯一一件劳而无功的事。

一个人的努力，换不回两个人的亲密。

爱情城堡一点一点流失瓦解，她却束手无策，只能眼睁睁地看着它走向支离破碎。

是流星吧，或者烟花，是一世一见的梦，是一场徒劳。

"你背向我走过的每一程，沿途星辰悉数熄灭。"

"是我没轻重，才想徒手摘星辰。"

| 一生知己纪梵希

赫本视纪梵希为伯乐，他一手打造了她的形象，优雅简约，不奢侈，不庸俗。

“女人不仅穿裙子，她住在裙子里。”纪梵希说。

“纪梵希的裙子拿走了我所有的羞涩和不安，我才可以在八百人面前讲话。”赫本说。

赫本是纪梵希的灵感，纪梵希也成就了赫本的风格。

他为她设计所有衣裳和香水，她按零售价全额购买，并为他提供长期无偿代言。

生命里的恋人来来去去，朋友永远是朋友。

有些人，因为太美好，是不忍心做恋人的，于是搁在朋友的位置，久伴终生。

> 我们的友谊在岁月中增长，我们自身也一同成长。我们没有不悦和矛盾，我欣赏赫本的时尚品位，她喜欢简约，与其他明星是那么不同。
>
> ——纪梵希

高贵的友谊被一纸合约打破。

赫本的公关师认为，她的商业价值远高于这段友情，决定收取代言费，这也是梅尔的意思。

得知此事，赫本十分气恼：“你怎么能插手我和朋友之间的事呢？这会让我们的友谊变成交易。”

她解雇了公关师，人们说，这是因为她还没做好“解雇丈夫”的准备。

定居瑞士让赫本心安，梅尔却偏爱四海为家，喜欢从一座城市辗转至另一座城市，由一部影片追逐另一部影片。

婚后十几年，赫本对梅尔亦步亦趋，甚至对他与其他女星的桃色新闻充耳不闻。

她担心婚姻破碎会伤害西恩，害怕儿子像自己一样父爱缺席，经历“毁灭性的失落”。

> 我感到彻底失望。我原以为，两个善良、可爱的人一定能走到最后，直到死亡将彼此分离。但我此刻的感觉是多么绝望和幻灭。我再三努力，始终把家庭放在首位，可是我无能为力。
>
> ——奥黛丽·赫本

分居后，赫本深感愧疚——梅尔精明强干，善于交涉，是她事业的导航。曾帮助她争取丰厚片酬，隔离外界干扰，构建两人世界，并带给她一个儿子。

赫本有心和好，可惜梅尔无意。

“曾说好相伴皓首，你却忍心中途离场。”

或许婚姻这趟列车，从来都允许风雪，背弃，与荒谬。

仅一个愿望：不再孤独

婚姻破碎，赫本的世界瞬息黯淡。

多迪是罗马大学精神科副主任，为赫本提供心理辅导，给予她强大的精神支持。

向陌生异性袒露脆弱并非易事，咨询师职业的接纳与关切，自然会使身处困顿的赫本产生依赖，并误把这种依赖当作爱情。

十一月，赫本与梅尔低调离婚，同年圣诞，赫本接受多迪的求婚。

这段婚姻仍有诸多不合宜之处。

多迪是医生，不了解一个闪耀的明星在镜头之外怎样生活，他想当然地以为，他娶回家的女神即是银幕中的模样，是他十四岁时爱上的“罗马公主”。

他比同是演员的梅尔，更难理解赫本。

沉浸在浓情蜜意中的赫本浑然不觉，第二段婚姻，仍是一场错付。

家居生活是她梦寐以求的，辛苦拍戏只是职业而已。

跟随丈夫定居罗马。意大利是一个太过舒适安逸的国度，她享受这种无所事事的安闲，贪恋尘世的温暖。

她说："我以前在做明星该做的事，现在要做一个女人该做的事。"

她不想再做镜头前完美无瑕的女演员，也不想在剧本里体验极致的天赋与痛苦，陪在丈夫孩子身边，过最平凡的小日子，就是她想要的浪漫。

只愿岁月静好，余生平安。

被记者问到"生命中最重要的是什么"，她说，是爱。

她已见过天地和众生，只迷恋现世安稳，家人闲坐，灯火可亲。

美国作家菲茨杰拉德说："人生就是先进攻再撤退，中间夹着一句我爱你。"

为了爱人，为了家庭，赫本息影八年。

然而，多迪并未感到幸福。

他为名人世界的光鲜深深着迷，原以为娶了电影明星，就能天天见到风光无限的妻子，结识社会名流，跨入更高的阶层。

可他没有想过，容颜倾城的赫本，竟安于泯然众人，变成最普通的罗马主妇，在他看来无异于焚琴煮鹤。

罗马发生暴力事件后，赫本接到勒索电话，于是她带着西恩，离开罗马，来到巴黎。

多迪独居罗马，频繁出入夜店，赫本的朋友常目睹他与情人往来。

正应了茨威格的名句——感情炽烈，生性健忘，一见倾心，爱不忠诚。

多迪比赫本小九岁，这段婚姻原本不被看好，但赫本执意要嫁。

婚后，她放弃事业，彻底告别舞台，生下儿子卢卡，全心照料家庭，一切付出却未得善待。

丈夫放诞的私生活，令赫本痛苦万分，又犹豫不决。

某次争吵后，多迪搬出公寓，随后两人重归于好。

为修复感情，他们前往夏威夷度蜜月。

蜜月归来，离婚再度提上议程。

每段关系都有其自身的生命，假如只要祈祷并努力就能抵达永远，那这世上也不会有那么多破碎的心。

镜头前，赫本坦陈：“我和丈夫最终成为开放的关系。在丈夫更年轻的情况下，这是无法避免的。”

爱与背叛痴缠一生，沸沸扬扬，路人皆知。

面对媒体的提问：“如果成全你一个愿望，你希望是什么？”

赫本落寞道：“不再孤独。”

我听过最绝望的话，是“那个推我下地狱的人，也曾带我上天堂”。

离婚谈判旷日持久，过错方多迪执意争夺监护权，并要求得到儿子的住房。

双方律师说："可悲的是，这对夫妻除了共有儿子，竟毫无共同之处。"

此时，赫本结识了此生真正的灵魂伴侣，罗伯特。

初遇时，罗伯特刚刚丧妻。

他的妻子长他二十五岁，两人共度七年时光，始终如热恋般甜蜜，直至妻子离世。

失去爱妻的罗伯特和婚姻受挫的赫本一见如故，互诉衷肠。

罗伯特的忠诚，成为赫本一生最动人与宽慰的依靠。

不过这次，她没有再婚，因为"婚姻不会让爱情变得更加牢固"。

罗伯特说："我们不结婚，因为我们已经拥有了彼此，仪式并不能增加什么。不婚，不是在错误里生活，而是在爱情中行走。"

诚如法国作家帕斯卡尔·布吕克内所写："爱情二重唱的力量，在于双方的不稳固性和延展性，这虽然让他们变得脆弱，但也保护着他们；他们并不完美，但永远可以改进。它本质是向恐惧深渊投下承诺，是对关系长久的赌注。两人一起穿越这一漫长的道路，这中间有着一种崇高的韧性。道路上满是圈套、诱惑和打击，两人通过独一无二的存在，选择了自己的奴役和美丽。”

因时光，因懂得，因怜惜，才甘愿向恐惧的深渊投下承诺与赌注，也选择了自己的奴役与美丽。

罗伯特也是演员，却不像梅尔那样永不知足。

他们回到瑞士，日子清白而单薄，卸下时光，卸下往事。

“阳光和你都在，就是我想要的未来。”

六点起床，在晨露消散前同去花园散步；

采花，然后喝一杯花草茶；

享用清淡的早餐，和管家聊聊采购清单。

两人食素，从容，不挑剔，不争吵。

“挨过无能为力的年纪，只想长久拥抱你。”

与梦露不同，赫本是这样的女子，享受高处的兴奋，也能融入平凡的人群。

赫本老了，年轻的女演员越来越多，但她似乎从来不屑与谁相争。

梳最简单的发型，穿最舒适的衣服，气质却依然动人，做家务也仿佛在跳芭蕾。

那是一种妥帖而温暖的气质，像薄薄的散发着干草气息的阳光。

人淡如菊，与世无争，岁月从不败美人。

一九八八年三月八日，联合国儿童基金会任命赫本为“亲善大使”。

这份工作没有薪水，访问贫困儿童时，除基本差旅食宿费用报销，其余均需赫本自费。

她时时注意节约基金会的经费，在小本子上记录花销，就像刚出道时，每天记下拍电影的花费，拍摄结束，便将当日剩余的钱悉数交回电影制片厂。

除却经费紧张，长年穿行饱受战争、饥饿、流行病困扰的第三世界国家，既艰辛又危险，还会带来某些健康风险，但赫本义无反顾。

她在基金会的第一份工作，是去探访埃塞俄比亚的贫困儿童，她随身只带了一对行李箱和一个小手包。

“我来这里不是为了让大家看我，而是为了让全世界看到这些孩子。”

没有水电，无法供暖，卫生设施简陋，河流被污染，人们在此洗澡，然后汲取饮用水。

她把骨瘦如柴的婴儿抱在怀里，用手拂去围在孩子身旁的苍蝇。

她问一个独自站在帐篷里的女孩，以后想做什么，孩子说：“我想活着。”

那一刻，赫本大约忆起了儿时战争的兵荒马乱。

她不再是举世瞩目的电影明星，而是时代悲剧的参与者。

两个纤弱的小女孩，隔着时空，打了个照面。

赫本为基金会出行五十余次，六十岁时远赴苏丹，涉过埋有地雷的危险区域。

为将救援药品送达，她会见叛军首领，恳求放行。

枪声不绝于耳，赫本从容镇定，因她相信爱。

罗伯特疼惜她，无论赫本访问何处，他总会提前确认食宿条件、安全措施、影像设备等，无微不至地护她周全。

赫本体弱，舟车劳顿的损伤显而易见，朋友劝她不必过度操劳，但她只想争分夺秒，把工作安排得满满当当。

出访索马里的第二天，赫本胃痛，医生建议缩短行程，她说："我没有时间休息。"

此时，她已全天服用止痛药，罗伯特在她身旁，仿佛能听到她隐忍的痛苦，却无能为力。

生命行将终结，虚弱的赫本渴望回到瑞士，挚友纪梵希将私人飞机借给她，并找来医护人员，照顾她长途飞行。

瑞士的家里，盛开着山谷百合，是纪梵希为赫本种的花。

那年圣诞，赫本强打精神，在能望见积雪的窗前，给友人写圣诞卡片。她写的是泰戈尔的诗——"每一个婴儿的出生，都带来上帝没有对人类失去希望的讯息。”

落日温暖，洗净暮年。

二十五天后，赫本辞世。

好友伊丽莎白·泰勒说：“如今上帝身边，又多了一位美丽的天使。”

格里高利·派克说：“赫本用一生，从公主变成女王，不仅是在舞台上。”

葬礼前，亲友担心粉丝过于狂热，场面失控，但事实证明，赫本赢得了所有人的尊重。

吊唁的人群熙熙攘攘，却井然有序，除了隐隐啜泣，人们都很安静。

两任丈夫梅尔和多迪也前来悼念。

大儿子西恩在赫本的葬礼上讲：“妈妈说过，‘永远记住，你有两只手，一只用来帮助别人，一只用来帮助自己。’”

作为好莱坞第一位不以性感取胜的女星，赫本向保守的人证明，美德也能走向幸福。

只要你愿意，女性可以终其一生，保持清纯，不受沾染，高贵地行走世间。

她坚信爱能治愈一切，并使万物归于安宁。

爱是恒久忍耐，又有恩慈。

凡事包容，凡事相信，凡事盼望，凡事忍耐。

爱，是永不止息。

——《圣经·新约·哥林多前书》

《老友记》瑞秋：

许你一世好前程与不辜负

Never give all the heart

William Butler Yeats

Never give all the heart, for love
Will hardly seem worth thinking of
To passionate women if it seem
Certain, and they never dream
That it fades out from kiss to kiss;
For everything that's lovely is
But a brief, dreamy, kind delight.

O never give the heart outright,
For they, for all smooth lips can say,
Have given their hearts up to the play.
And who could play it well enough
If deaf and dumb and blind with love?
He that made this knows all the cost,
For he gave all his heart and lost.

《不可全抛一片心》

作者：威廉·巴特勒·叶芝　译者：李梦霁

不可全抛一片心，
百无一用是深情。
多情的少女自以为是，
殊不知，爱意会在每一个亲吻中流逝。
一切美好也如泡影，
短暂，梦幻，欢愉，然后暂停。

不可全抛一片心，
人生如戏，花言巧语的人，
声称已献出心灵。
若对爱情视而不见，置若罔闻
如何将这出戏演得精彩绝伦？，
他说“不可全抛一片心”
因为他曾赌上全部，两手空空。

这世间，原有许多惊艳的时刻。

比如在暮色四合的曲径，一转弯，邂逅凄然如血的残阳；

又如在万家灯火深处，一抬眼，望见盈盈清凉的月光；

再如十多年前，一个金发碧眼的年轻女孩，婚纱及地，跌跌撞撞地闯入中央公园咖啡馆，也猝不及防地闯进我们的视线。

那是安妮斯顿在《老友记》里的第一幕，她是瑞秋，是落跑新娘，是所有剧迷回忆的原点。

她从娇生惯养、没有主见的大小姐，长成思想、经济独立，照顾旁人感受的成熟女性，《老友记》一播十年，我们见证了戏里瑞秋的成长，她也陪伴着戏外的我们辗转悲欢。

往后多年，我无数次重看《老友记》，依然迷恋瑞秋。

看她因不甘心生活在父母的安排下，于是逃婚，剪掉所有信用卡，跌入社会底层，笨手笨脚地讨生活；

看她竭尽全力地工作，迎来一次又一次蜕变，最终放弃更好的事业，回到爱人身边；

看她酒后意外怀孕，对方惊慌失措时，她说我想生下来，只是告诉你，你还可以像原来一样，和其他女孩子约会。

我们喜欢瑞秋，因为戏里的她，是我们渴望活成的模样——独立、潇洒、果断，敢拼搏也爱自由，知进退又不强求。

十年间，美丽、时尚、幽默的“瑞秋”安妮斯顿，成为家喻户晓的“美国甜心”，事业登顶，红遍全球。

她的发型风靡一时，全世界的女孩争相效仿，都梳着“瑞秋头”；

时隔多年，她的衣着打扮仍被当作经典，登上时尚杂志；

她的喜剧天分深入骨髓，每每做客访谈节目，不经意间就令人捧腹，占据头条。

明艳，有趣，落落大方，大约没有人不爱这样的女孩。

女性魅力许多时候来自少女心和轻盈感，无论际遇几何，尝尽苦涩，困扰她的似乎只有未能称心的发色。

安妮斯顿的童年不算幸福。

八岁，父母婚姻走向冰点，为了躲避无间断的争执，小安妮斯顿常常把自己关进房间，与世隔绝，孤独成长。

九岁，彼此厌倦的父母终于离异，婚姻让曾经恩爱的两人形同陌路。安妮斯顿跟随母亲，度过动荡漂泊的青春期。忆起父亲决然离去的背影，她神色黯然。二十多年后，她爱了七年的男人，以同样的方式漠然转身，断绝一场错付的深情。

十一岁，安妮斯顿迷恋画画，颇有天赋，作品陈列在纽约大都会博物馆。但安妮斯顿更偏爱演戏，她想用表演诠释自己，改变世界。尽管远离美术，但她从绘画与色彩中培养的独特美感，使她终身受益。

二十一岁，她孑然一身，去洛杉矶，成功试镜《翘课天才》，不料剧集中途被砍。她不放弃，夜以继日地试镜、接片，却总在注定短命的剧作中潦草露脸，便鸣金收兵，反响平平。

在不知明天何处的行业里浮沉多年，白天参演收入微薄的舞台剧，夜晚马不停蹄地奔往夜校，修读心理学。周末在餐厅兼职，半工半读，补贴生活，想来定是辛苦。

好在她的坚持没有被辜负。

二十四岁，距离《老友记》开拍仅余两周时，安妮斯顿被选中饰演“瑞秋”一角，姣好的容颜，讨喜的角色，娴熟的演技，安妮斯顿一夜爆红。

她总说自己幸运，但好运从不会无端降临。

辛苦而滚烫的好运，她值得，也承得起。

那不是你的花，你只是途经她的盛放

十年《老友记》，安妮斯顿的演艺事业如日中天。

一九九八年，她与“好莱坞最性感男星”布拉德·皮特相恋，金童玉女，风光无限。

怀有与生俱来的某种浪子气质的皮特说：“第一次遇见她，我就知道，她是我的妻子。她是唯一一个，让我有家的感觉的女人。”

路不好走，但风雨同舟。

新世纪初，两人的“世纪婚筵”，让整个娱乐圈艳羡不已。

约两百人出席，《老友记》中的其他演员悉数到场。邀请四支乐队，一个合唱团，购置成千上万的烟花和百合。据传，宴席近旁的高速公路，为方便贵宾出行，暂时对其余人关闭。

这是两人各自的第一次婚姻。

皮特说："在你十步之内，我就能感到幸福。"

安妮斯顿也毫不掩饰对丈夫的倾慕与爱意："我愿为皮特做一辈子奶昔。"

爱到眼角都笑出痕迹，像云端星辰，跌落蔚蓝深海。

皮特亲自设计房屋的建筑图，特意为几面墙留白，因为安妮斯顿从小就喜欢画画涂鸦。

做客的友人说，那幢小屋里，处处充满用心。

皮特自豪地讲："我们刚在一起时，我就开始着手设计了。"

爱过你的每一个瞬间，心像飞驰而过的地铁。

他们想必都曾认真地相信，对方会是执手皓首的人。

可爱情最残忍之处，恰在于此。

初初相见，怦然心动的激情，耳鬓厮磨的亲密，共赴迟暮的承诺，已是巅峰，再往后，总归是下坡路。

事业旗鼓相当，彼此温柔相待，本应结局圆满。

结婚四年，安妮斯顿初心未改。

彼时，皮特和安吉丽娜·朱莉主演的《史密斯夫妇》上映，安妮斯顿助阵宣传，无名指上戴着皮特亲自设计、刻有两人名字的戒指。

背叛，就是你看着他把火柴扔进威士忌酒杯，可你明明说过，那是你的心脏。

墙上深深浅浅的涂鸦，厨房热气腾腾的饭菜，卧室亲密依偎的合影，都是曾经相爱的证据，却无法按图索骥，找回从前的情意。

挽断罗衣留不住。

皮特初遇朱莉时，她负面新闻缠身。

抽烟、文身、药物上瘾、双性恋的“好莱坞坏女孩”，轻而易举地闯入他们看似固若金汤的婚姻城池。

饮尽多少光阴，才将情字看个究竟。

分手声明是两人共同写就的。

“分手并非小报炒作的结果，而是深思熟虑后做出的决定。我们分手之后，仍是好友，对彼此依然充满爱与尊敬，请大家尊重我们的隐私，不必继续炒作，这会使我们平静许多。”

面对背弃，安妮斯顿选择以最优雅的姿态离场，把曾经的爱人体面地归还人海。

各安天涯。

非常沉默，非常骄傲，从不依靠，从不寻找，这种没有非谁不可的低需求度，使她分外迷人。

她当时刚刚流产，失去了与皮特唯一的孩子，拒绝赡养费，撤出两人创办的影视公司，暂住朋友公寓。

如同剧中的瑞秋，潇洒得令人心疼。

与此同时，皮特高调宣布朱莉怀孕。

“那不是你的花，你只是途经了她的盛放。”

荼蘼之后，再无春天。

后来，我把“almost”译成“差一点”：

差一点，我们就能拥有每一个清晨；

差一点，我们就能见到同一个未来；

差一点，我们就能不错过。

可最后，还是差了那么一点。

他们或许看到眼前的流水和远方的帆，

我只看到你。

尔后，布拉德·皮特宣传新片，接受专访，提及前妻：“与安妮斯顿一起生活的日子糟糕透了，她太敏感，和她在一起真的很累。”

他对朱莉的爱意溢于言表：“毫不夸张地讲，和朱莉在一起，是我做过最聪明的事。她是我孩子的妈妈，是配得上我后代的女人。家庭生活就像一场冒险，想要得到更多，失去的概率也更大，但是和朱莉在一起，我照单全收。”

讽刺的是，皮特也曾说过，如果没有安妮斯顿，他永远不会想结婚。曾在他口中“温暖”“包容”“魅力非凡”的前妻，如今被弃如敝屣。

而安妮斯顿在媒体面前，从未讲过出轨丈夫的一句不是。

“其实我比你更早发觉我们不适合，只是我不舍。”

每一位前任，都是一个潘多拉魔盒，里面的名字，全是不快乐的秘密。

可是，他们也曾如流星般，划过你的世界，让你雀跃，赠你光明，予你温暖。

你的眼泪曾打湿过他的衣角，你的指尖留下过他的温度，你的悲伤停靠过他的肩膀，没有谁会是真正的过客，是遇见的每一个人，渐渐勾勒出我们的余生，像神秘又庄严的图腾。

善待前任，也是照顾好自己的曾经。

“此后无论平庸惊世，风霜晴雨，我都祝福你。”

人生没有后悔，只有教训。

——詹妮弗·安妮斯顿

| 万家灯火，没有一盏属于我

七年感情终结，安妮斯顿伤痕累累，还要承受舆论的疾风苦雨。

那些所谓悲悯、怜惜、同情的目光，为她贴上“苦情前妻”的标签，画地为牢。

安妮斯顿所做的一切，都被视为怨念和复仇。

从演技到衣品，她无数次被拿来与朱莉较量，她想摆脱的伤痕，被众人一次次以“关怀”的名义狠狠揭开。

人生处处狭路相逢。

众目睽睽，有几分诚意，又有几分幸灾乐祸的嘲讽？

作为炙手可热的全球女星，想要遗忘，竟也举步维艰。

离婚多年，安妮斯顿宣传新作，一档访谈节目的主持人旧事重提：“这么多年，你和皮特的失败婚姻不断被媒体提起，你一定很痛苦吧？”

明知故问，令人难堪。

安妮斯顿平静说道：“我不痛苦。媒体总提起，是因为能上头条，我已经放下了。”

主持人咄咄逼人：“那你现在还和皮特说话吗？”

安妮斯顿反问：“那你和你的前妻还说话吗？”

主持人哑口无言。

她回击得漂亮，这段视频当晚就有几千万次的点击。

“回头想想，其实你们的关系，最珍贵的不是他，是你。你的一腔热血，义无反顾，勇敢真诚。”

“我失去的，也是你失去的，所以实在不必遗憾。”

走出破碎婚姻的阴霾，安妮斯顿新开了一家影视公司，做独立制片人、导演、监制，闲暇时练瑜伽、空手道，创建的多个香水品牌均已上市。

她无须同情，也从未自怜自艾，始终咬紧牙关，暗夜独行。

或许也曾想过，“你在就好了”，但她终是一个人，熬过了所有艰难的时刻。

往事清零，去留随意。

喜欢她，是因为她真实，经历过所有人都有过的脆弱，却活成了我们渴望成为的样子——不妥协，有召唤，爱自由。

孤独，是生命的礼物。

在一切支离破碎之后，我只愿你千山万水，全身而退。

> 我将生活视作登山，当你攀上第一座山，你感到疲惫，坐下来休息几分钟，有可能会回头看看走过的路，有些的确走错了、绕远了，但你没有那么多时间留恋和悔恨，你要尽快攀登下一座山。我永远是一个向前看，不向后看的人，不会原地不动，坐以待毙。我要给自己新生活，并且现在看来，我做得很不错。
>
> ——詹妮弗·安妮斯顿

女人如香，捣得愈碎，香得愈浓

二〇一六年，安妮斯顿四十七岁，再度当选“全球最美女性”。

上一回，是她二十六岁时。

二十一年后，她不只是“美国甜心”，她变得更深刻，也更丰富，因为有苦有甜，才美得更立体。

不是心头没有褶皱，只是努力用笑容熨平它，尽量为人生寻得一个完满。

二〇一九年，詹妮弗·安妮斯顿获得“年度标志性人物”（People's Icon of 2019）。

她说：《老友记》是一生的礼物，如果没有这部优秀的剧作、其余五位杰出的演员、相伴十年的观众，我无法站在这里。最重要的是，你们相信我们，相信那个大得不可思议的公寓，相信我们关于爱情与友情的所有故事。因为你们相信，所以我们相信。它为我今天的一切铺路，因为有它，我可以无数次重回梦想开始的地方。

依然优雅，依旧从容。

杨绛说：“一个人经过不同程度的锻炼，就会获得不同程度的修养、不同程度的效益。好比香料，捣得愈碎，磨得愈细，香得愈浓烈。我们曾如此渴望命运的波澜，到最后才发现，人生最曼妙的风景，竟是内心的淡定与从容。我们曾如此期盼外界的认可，到最后才知道，世界是自己的，与他人无关。”

此时的安妮斯顿，恰如历经时光研磨的优雅沉香。

岁月匆匆流淌，容颜终会凋零，而善意、虔诚、清澈的灵魂却可以常新。

有人说，“不甘”是一把锁，也是一条路。一些人被锁在了失败发生的时刻，比如戴安娜王妃，囚禁一生；而另一些人被指引了前行的方向，比如安妮斯顿，海阔天空。

皮特和朱莉的婚姻告终时，有人揣测安妮斯顿评价会是“因果报应”。

我不信。

她这些年过得潇洒自如，怎会因旁人家事，再度卷入舆论的泥潭？

也不是刻意地忽略，只是自然而然地遗忘。

爱的反义词原本就不是恨，是漠视。

出演《麦田守望的女孩》时，安妮斯顿有这样一段台词：“小时候我以为，世界是一间巨大的糖果店，摆满了形形色色的糖果。可有朝一日，我发现，这世界竟是一座监狱，而我已穷途末路。那些无动于衷的人，到底是不见棺材不落泪，还是像我一样，静静地，策划着一场盛大的逃亡。”

生活曾欺骗过你我，让我们满心期待，误以为它是一间糖果屋。后来，我们历经沧桑，头破血流，终于发现，这世间只是牢笼，充满背叛和绝望。

但好在，这间牢笼的出口永远在你手中。

只要你清醒，努力，坚信，善良，永远爱自己，投资自己，充实自己，一朝涉过命运的深寒，定能成全一世好前程与不辜负。

苏菲·玛索：

认真地年轻，优雅地老去

The Road Not Taken

Robert Frost

Two roads diverged in a yellow wood
And sorry I could not travel both
And be one traveler, long I stood
And looked down one as far as I could
To where it bent in the undergrowth;

Then took the other, as just as fair,
And having perhaps the better claim,
Because it was grassy and wanted wear;
Though as for that the passing there
Had worn them really about the same,

And both that morning equally lay
In leaves no step had trodden black.
Oh, I kept the first for another day!
Yet knowing how way leads on to way,
I doubted if I should ever come back.

I shall be telling this with a sigh

Somewhere ages and ages hence:

Two roads diverged in a wood, and I—

I took the one less traveled by,

And that has made all the difference.

《未走的路》

作者：罗伯特·弗罗斯特　译者：李梦霁

金色森林分出两条岔路，

可惜我不能同时涉足。

我像个旅人，在路口久伫，

对一条路眺望极目，

直至其消失在曲径深处。

我选择踏上另一条路，

因它对我而言，似乎更正确无误，

青草萋萋，鲜有人迹，

愈显空寂，美丽。

晨曦懒懒地躺在草地，

两条路都未经踏足。

我多想留一条路，改日再会，
又恐前路漫漫，
再难返回。

也许多少年后在某个地方，
我将轻声叹息将往事回顾：
一片树林里分出两条路——
我选择了少有人走的路，
从此决定我此生的归途。

| 法兰西之吻

苏菲·玛索的童年孤独而拮据。

父亲是卡车司机，母亲白天在百货公司做售货员，夜晚兼职做餐厅服务生。九岁，父母离异。

苏菲儿时的理想，是成为父亲一样的汽车司机。喜欢车的女孩不多，除却受父亲影响，她或许渴望更多自由与驾驭的感觉。

挨过清贫，见惯离别，苏菲·玛索早熟，独立，对生活永远拥有超越同龄人的掌控感。

十三岁，她自作主张，参与《初吻》试镜选角。

成百上千的年轻女孩前来试镜，祈盼因为电影改变命运，苏菲·玛索却被导演一眼相中，因她眼眸里有光。

生就慵懒、桀骜的气质，不温驯，不圆融，野心旺盛。

像一团火，闪耀着穿越人海，万里挑一。

票房与口碑证实了导演的眼光，苏菲·玛索饰演的少女薇卡，清纯，灵动，叛逆，懵懂，风靡世界。

因荧幕里的经典一吻，苏菲·玛索被称为“法兰西之吻”，十四岁即红遍全球。

一年内，她收到十八万封来自五湖四海的求爱信，成了男人们风轻云淡的少年时代最美的回忆。

张爱玲在《浮萍》里写：“三十岁以后的人，十年八年不过指缝之间，可对于年轻人而言，三五年即是一生一世。”

初吻，是一个染了时光味道的名词，与之相配的定是最好的年少芳华。

当时光流转，父母不再对电话那端的异性盘根问底，我们也可以和老友漫不经心地谈起曾经怦然心动的人，才惊觉，那些路过青春的人，都是配角，都是过客，留下雪泥鸿爪，甚至了然无痕。

但对那时的我们而言，却是惊天动地。

迷恋苏菲·玛索，亦是贪恋青春、贪恋少年锦时的义无反顾与纯粹彻骨。

《初吻》之后，苏菲的电影生涯拉开序幕。

片约不断，以百万法郎签约电影公司，凭借《初吻2》，十七岁便获得“恺撒奖最佳新人”。

曾梦想像父亲一样当卡车司机的小女孩，年纪轻轻就踏上成功的快车道，过上了无数少女艳羡的生活，早早养成一身贵气。

而所谓贵气，就是欲望满足后的疲倦。

富足却疲惫，她并不快乐。

在访谈中，她回望少女时代：“那部电影改变了我的一生，仿佛一个新世界，忽然之间压在我肩上。一方面，我变得独立，看到原有生活圈里无法企及的世界与机遇；另一方面，我感到异常沉重。在学校，在家里，在街头，年少成名改变了一切。人们投向我的目光，与我说话的方式，向我走来的步伐，都不同了。种种新事物扑面而来，我不得不快速学习。十三岁至今，我没有过少年时光。我知道，一旦你生命中失去了某种东西，就再也找不回来。如果重来一次，我希望能享受生活的每分每秒，做年轻人该做的事，不要错过青春。”

世事总是如此，成就了每个人青春幻想的人，却终是错过了自己的青春。

像一场仓促的盛夏戛然而止，未送出的信，没牵到的手，都不了了之，潦草收场，来不及挥手告别。

她还有许多少女的幻想和期待，眨眼间，已落入时光之海。

难怪有人说，苏菲·玛索的眼眸里，有种恍惚却蚀骨的东西，久看会心痛。

> 两脚浸在松动的沙子里，我奋力加固摇晃的脚手架——那是为我的少女新生活，架起高楼的脚手架。
>
> ——苏菲·玛索

带刺的玫瑰

《初吻》一举奠定苏菲·玛索的玉女形象，经纪公司理所当然地要求她出演同类角色。

可她生来叛逆，反抗标签，为了爱情和艺术，毅然挑战全世界最古老、全法国实力最强的电影公司高蒙，借足一百万法郎，与之对决法庭，重金赎回自由身。

尔后，苏菲接拍《狂野的爱》，那部影片癫狂、色情、前卫，裸露与暴力比比皆是，彻底颠覆了她纯情少女的形象，也让全世界看到了她的野心和欲望。

面对惨淡的票房，她没有半分后悔："对我来说，感受最重要，只要我被角色打动，就可以不顾一切。"

苏菲·玛索张扬地昭告世人，她不是任人摆布的小姑娘，从十八岁起，她就清楚人生应当去向何方。

多年以后，苏菲忆及此事："经纪公司的那些家伙有钱、有名、有权，在我十六岁时，他们是绝对强势的人。但我不喜欢被人操控，无论是职业生涯还是个人生活。"

在浅笑嫣然、弱不禁风的外表下，她燃烧着一颗坚毅而决绝的心，要对生活绝对掌控。

同样是大尺度电影，有些女星为挣钱而拍，时隔多年意难平，"我要把脱下来的衣服一件一件穿回去"，透着一股狠劲和不甘。

而苏菲不同，她只是随心，似乎这世上，除了她乐意，没人可以驱使她做任何事。

这种近乎偏执的随性，使她从"法兰西之吻"，摇身一变成为"带刺的玫瑰"。

她渐渐摸索出另一条处世原则——如果想做成什么，就要像男人一样强势，无论面对任何人事，都不迷茫、不胆怯。

于是，在法国电影圈，苏菲·玛索的耿直尽人皆知。

从不阿谀奉承，也不拐弯抹角。

宣传影片《忠贞》时，她不满片名被译作《情欲写真》，当记者喋喋不休地追问她的私生活时，她回复一句："你看过电影吗？"记者只得悻悻收声。

在别有用心的人群里，敢讲真话的人总归少见。

正因鲜有，才格外迷人。

像冰柜里的冷门饮料，薄荷味，不大众，不讨好，但喜欢的人就只喜欢这个味道。

人们说我是"女神"，我想并不是因为我有什么不一样，应该是因为我待人真诚，并且对生活永远保持好奇心。

——苏菲·玛索

只幸福，不结婚

爱情是一颗心遇见另一颗心，而不是一张脸遇见另一张脸。有时，我们的心会改变我们的脸，而不是脸来改变心。

——苏菲·玛索

苏菲·玛索的初恋，是一位波兰导演。

相恋时，她十八岁，他已人到中年。

正是为了接拍他的作品《狂野的爱》，苏菲才与高蒙解约。

两人交往十七年，育有一子，然后和平分手。

他是占有欲极强的男人，而苏菲天性自由独立，无法忍受被控制。

她说："年轻时，我不够自信，但是年纪渐长，我可以做主，也不想被人推动。"

时隔多年，初恋离世，苏菲现身葬礼，黯然憔悴，泪眼婆娑。

年少的情愫，总归是挥之不去，长留心底。

相识多年，他是她的良师益友，在她还太年轻，尚未对世界形成独立判断时，领她读过许多书，见识过艺术作品中众生的深邃。教会她理性地认识世界和自己，独立地思考并发声，拥有审美和反省，不为外界喧哗干扰，不要被打败，也不要被改变。

不是遗憾，不是错过，是一场铭刻。

是一个人把自己的品格与心性铭刻进另一个人的灵魂，把自己的精神熔炼入另一个人的精神。

交往多年的伴侣，纵有一天走到尽头，也没有嗔怨，只有感念。

“无论天涯海角，我总能看到你，存在于万物。我甚至能够感知，我身上的某一部分，是你。”

“于是，你走之后，我带着这一部分的你，独自生存。”

苏菲·玛索的第二任男友是美国著名制片人，同居五年后分开，生了一个女儿。

在拍摄自导自演的电影《魅影追击》时，她结识了第三任男友，是一名好莱坞演员，年长苏菲九岁，交往八年后分手。

五十岁时，苏菲与比她小十一岁的法国主厨，谈了十个月的恋爱。这位全法最帅的主厨不仅厨艺精湛，在美食栏目、真人秀中也有不俗的表现。

分手后，主厨曾试图挽回，但苏菲接受杂志采访时讲：“我是一个决绝的人，不喜欢纠缠过去，只愿意拥抱未来。”

分别，是直面两人已不再需要对方的真相，而在这真相里，在一方斩钉截铁地坦诚里，已藏着全部的温柔。

当断则断，不蔓不枝，是对待感情最好的姿态。

时至今日，苏菲·玛索五十四岁，依然未婚，没有家庭，独自养育一儿一女。

她说，我这一生，不要婚姻，只要幸福。

身为女性，最可悲的不是年华老去，而是在关系中、婚姻里迷失自我。

女权不是不婚，而是自由，是选择，生而为女性，你可以选择嫁人或者不嫁，做家庭主妇或职场女强人，平淡终老或是拼搏一生，这些选择不来自外界臧否，取决于你的自由意志。

我们迷恋的，不是苏菲一生未婚，而是她不将就的姿态，爱时竭力，散时无悔。

不依附，不执迷，做自己，逍遥自在。

> 人最容易逃避到习惯里，那里四平八稳，波澜不惊。
>
> 我舍弃习惯，转而躲进孤独，消失在拖长音调的“孤”里，消失在听不到的“独”里。
>
> 因我已预见上苍的恩惠，固守城堡，只想把内心的口袋装满。
>
> ——苏菲·玛索

出走好莱坞

二十世纪九十年代，苏菲·玛索转战好莱坞。

在奥斯卡最佳影片《勇敢的心》中，苏菲用美貌与演技，敲开美国电影市场的大门，再度成为蜚声国际的一线女星。

其中，有一场戏反复拍摄多次，苏菲深感疑惑，导演说，因为她太过投入以至走光，故而屡屡重拍。

这是苏菲第一次，经历艺术内核与表现形式之间的冲撞。

后来，接拍《007之黑日危机》，苏菲被评为“二十一世纪最受关注的邦女郎”，但她却不喜欢只能顺从导演心意的表演。而且好莱坞要求女明星时刻化妆，保持漂亮，也让一向随性自然的苏菲难以接受。

于是，她告别好莱坞，毅然放弃更有前景的星途。

苏菲·玛索是这样的女子，永远清醒，永远深知自己想要什么，不会为任何人事偏离或迷失。

她有自己的坚持和执拗，守着一套独特的处世逻辑——用以对抗这个世界的逻辑。

自由，独立，随时掌控人生的航向。

这世界变化太快，人们很容易被这种速度控制，偏离自己原来的轨道。我梦想的生活是可以随时放下一切，退回自己的内心世界，享受安静和幸福。每个灵魂都应是自由的，不受任何外物限制。

——苏菲·玛索

回到法国后，苏菲做起导演。

她出手不凡，自编自导的第一部电影《当爱变成往事》，便斩获加拿大蒙特利尔国际电影节“最佳导演奖”。

这部电影用流畅的镜头，捕捉婚姻生活的动人细节，取材于苏菲和波兰导演相知相伴的岁月。

正如苏菲所言，从十三岁起，她就与电影融为一体，既在电影里体验人生，又把人生体验还给电影。

相比演戏，苏菲更热衷当导演，因为不必被支配，能够掌控所有。

她明白，当今的影视业仍被男性主宰，因此她训练自己像男人一样行事，说话大声不含混，有决断，不迟疑。

苏菲·玛索拥有强大的内在能量，从演戏到创作，再到拍电影，一生都在不断挑战和突破，打破禁锢，实现自我，从内向外恣意生长。

> 我不信有始有终，也不信机缘巧合，生活就是一堆真相的骨架，不必我指指点点。我以自己的方式去发疯，去求真，只听命于内心的意志。
>
> 人皆有智，所谓当局者迷，是误于妄念。
>
> ——苏菲·玛索

| 琥珀美人

有人说，苏菲·玛索像一枚琥珀，被岁月与光影冻住，一任时光匆匆流走，她始终是优雅的“法兰西之吻”。

与好友莫妮卡·贝鲁奇不同，莫妮卡就算拍了一整天电影，收工吃晚餐时，也会重新化妆，穿戴整齐，而苏菲则是利落卸妆，让自己觉得舒服一些。

“很多人喜欢我,不是因为我漂亮。”苏菲认为，身为女性，只要活得安心、舒适、自如，呈现出的状态就是美的。

因此，即便在爱情中，她也不会刻意保持美丽。

付出爱，享受过程，互相信任，如此便不会在亲密关系中纠结、焦虑、牵缠，变得狰狞丑陋。

当苏菲·玛索第一次在荧幕上看到自己眼角的细纹时，她并不愉快，但很快便释然了。

“衰老当然不是令人开心的事，但它总会出现。当我明白时，就不太在意这些了，只在意自己是否健康、健美。我想尽可能优雅地变老，但不会妄图阻止年华老去，我只希望一切顺其自然。”

容颜出众的女孩，往往容易沦为外在美的奴隶，但苏菲对此却非常轻松，因她活得真实，永远遵循内心的声音，走好人生棋局的每一步。

如今的苏菲·玛索，笑容甜美，眼角布满鱼尾纹。

对大多数女明星而言，邀请顶级美容医师，维持吹弹可破的肌肤，做“冻龄少女”是再正常不过的选择，但苏菲从未试图遮掩皱纹。

衰老是自然规律，拒绝衰老，就是怯弱，就是逃避现实。

她从不逃避。

> 人的外貌随时间改变，实在没必要太惊慌。学会接受自己的改变，学会在光阴的流逝中找到与自然的平衡。其实，皱纹也是在讲述人生的故事。
>
> ——苏菲·玛索

二〇一六年春，苏菲携其主演电影《狱中鸟》，参加香港国际电影节，落地广州。

广州街头，许多中国阿姨在跳广场舞，苏菲便好奇地跟在她们身后，学着舞了起来。

“女人可以衰老，但一定要保持优雅。”

五十岁的苏菲，依然优雅，有趣，满满少女心。

这世上从来不缺漂亮姑娘，却只有一个苏菲·玛索。

我们总以为美貌天成，殊不知，女性真正恒久的优雅与魅力，皆源于内心。

拥有清醒的头脑和独立的精神，不为美貌所累，简净纯白，独立盛开。

不扎堆，不媚俗，敢坚持，不庸人自扰。

因着内心的坚定与铿锵，回首来路，无所挂碍，眺望远方，心无恐惧。

这大约就是苏菲·玛索的美。

活成独一无二的自己，从此无可代替。

安妮·海瑟薇：

心有猛虎，细嗅蔷薇

The Solitary

Percy Bysshe Shelley

Dar'st thou amid the varied multitude
To live alone, an isolated thing?
To see the busy beings round thee spring,
And care for none; in thy calm solitude,
A flower that scarce breathes in the desert rude
To Zephyr's passing wing?

He smiles--'tis sorrow's deadliest mockery;
He speaks--the cold words flow not from his soul;
He acts like others, drains the genial bowl,--
Yet, yet he longs--although he fears--to die;
He pants to reach what yet he seems to fly,
Dull life's extremest goal.

《孤独者》

作者：雪莱　译者：李梦霁

人潮汹涌，
你敢否独善其身、与众不同？
俗世熙攘，
你敢否深居简出、孤芳自守？
像盛开在荒漠中的花，
不屑于向微风致意。

他笑，是对悲痛最深刻的讥嘲，
冷言冷语，话不由衷。
像旁人一样，推杯换盏，
一饮而尽。
死亡，他盼着，又畏着，
那渴望抵达的生之飞翔，
不过是旅途终点，阴郁之墓。

早年看安妮·海瑟薇主演的《公主日记》，她肤如凝脂，五官立体，眼眸炯炯，写满通透的灵气。

“勇气并不是没有恐惧，而是有比恐惧更重要的判断。勇敢的人不会长生不老，但谨小慎微的人根本无法生存。”

当安妮坚定地念出这句台词时，观众一恍惚，竟将她与片中公主融为一体，没有人不深信，这当真是一个勇敢果断的姑娘。

踏入演艺行业，对安妮而言是一场偶然。原想毕业后从事文学本行的她，意外参加了《公主日记》的试镜。尽管表演时从椅子上摔了下去，却还是被导演相中，由此成就了那位明眸皓齿、气质雍容的小公主，命运也于此偏航。

明艳得不可方物的安妮·海瑟薇，在演艺生涯中不曾经历太多坎坷，初初登场，就惊艳了整个好莱坞。

想成为公主，你得相信，自己就是公主。

可安妮的“公主梦”，在美国的文化氛围下，轻而易举地变成一个笑话。手捧奥斯卡小金人，却被评为“全美最令人讨厌的明星”。

| 修得一世优雅

安妮·海瑟薇生在纽约，长在新泽西，毕业于纽约大学。

父亲是律师，母亲是歌手兼演员，安妮一直是父母眼中的乖乖女，学生时代循规蹈矩，成绩优异，大学主修英文，辅修妇女研究。她是坚定的素食主义者，幼时的梦想是成为一名修女。

对女孩而言，长身体时好好吃饭，专心长个，该读书时努力学习，顺利升学，其实是最大的聪慧。

不必太早有“美丑贫富”之分，钝感也是一种获取幸福的能力。

良好家教、高等教育和自我约束，使安妮·海瑟薇即便身处光怪陆离的娱乐圈，依然洁身自好，鲜有负面新闻。

她不逛夜店，没有绯闻，远离八卦，生活无可指摘，清澈无瑕。

可是艺人，注定要活在世人的舌尖上。

尽管安妮演技上佳，斩获无数奖项，连最挑剔的影评人都称赞她是“这个时代屈指可数的天才女星”；脱口秀上谈笑风生，发布会上热情暖场，无论个人专访还是颁奖典礼，安妮在镜头前的发言永远滴水不漏。

她与人为善，永远懂得照顾旁人情绪，用勤恳、诚意、善良，修得一世得体。

演艺圈里，太多张牙舞爪的攫取和焦虑，人人渴望声势浩大的名利，只有她，有种稍稍退后一步的得体。

不锋利，不愤青，不刻薄，不沧桑，没有乱七八糟的欲望，时刻保持头脑清醒。

可是这样的安妮·海瑟薇，并没有收割全部好感，如她在《穿普拉达的女王》里扮演的初闯时尚圈的小职员，如履薄冰，却洋相百出。

做足了讨好的功夫，却换来酸溜溜的嘲讽。

受邀担任第八十三届奥斯卡颁奖礼的主持人，安妮与“怪咖青年”詹姆斯·弗兰科搭档，两个奥斯卡颁奖礼史上最年轻的主持人，变身“耍宝二人组”，妙语连珠，从明星到影片一一拿来调侃，喜剧效果极佳。

谁料，在直播视频上，每分钟浮现近两万条弹幕，网友们全方位嘲讽贬损安妮·海瑟薇，从衣品到发言，言其做作虚伪。

也不是实打实的明枪。

但悄无声息的暗箭，最难防。

她与詹妮弗·劳伦斯同台，也招来无尽谩骂。

女明星之间难免会有明争暗斗，但安妮却输得莫名其妙。人们说，虽然安妮容颜精致，但劳伦斯胜在稳重大气，更接地气，在领奥斯卡奖时都能摔倒，而不像安妮·海瑟薇，“吃饭喝水都像在演戏”。

非议铺天盖地，#hathahaters#（海瑟黑）长期占据Twitter（推特）热门话题。有人专门收集安妮的照片和新闻来攻击她，并同劳伦斯等众位女星进行对比。

《纽约时报》发布了一篇《我们真的讨厌安妮·海瑟薇吗？》的文章，分析人们讨厌安妮的主要原因，引起全美人民共鸣。多家知名媒体紧随其后，热议不休，热门美剧《破产姐妹》也三番五次对她点名讽刺。

对她处事方式的不满、学历的质疑、完美五官的嫉妒，凡此种种，都可以成为讨厌安妮的理由。甚至根本不需要理由，只是人云亦云而已。

勒庞写《乌合之众》：“个人一旦成为群体的一员，所作所为就无须承担责任，会暴露出自己不受约束的一面。群体追求和相信的，从来不是什么真相和理性，而是盲从、残忍、偏执和狂热，只受简单而极端的感情所操控。”

《纽约时报》写道：“没人认为安妮做错了什么。相反，她似乎成了一面照亮我们不足的镜子。”

人们对完美，不只有敬畏，更多的是妒意。

毕竟这世上有两样东西不可直视，一是太阳，二是人心。

前者伤眼，后者伤心。

永远蓬勃生长，永远热泪盈眶

安妮不仅演戏出色，音乐天赋也是过人的。

第八十一届奥斯卡颁奖礼上，她与主持人“金刚狼”休·杰克曼现场表演一段歌舞，唱尽当届提名的热门影片，艳惊四座，于是才收到主持第八十三届奥斯卡的邀请。

在第八十五届奥斯卡颁奖礼上，安妮不负众望，凭借《悲惨世界》夺得最佳女配角奖。影片中，非科班出身的安妮，行云流水地演唱价值一座小金人的名曲I Dreamed A Dream（《我曾有梦》），这一幕被誉为“奥斯卡瞬间”，唱功获赞。

为演好这部作品，安妮试镜、试音长达三个月，毅然剪去长发，减肥十六斤，不惜“毁容”出演，只为外形更加贴近角色。斩获奥斯卡最佳女配角时，安妮谦逊地说：“小金人是自我怀疑的工具。”

可惜她的付出与心血并未收获多少认同，依然遭到“用力过猛”“到处卖惨”“做作不堪”的奚落与刻薄。

安妮曾与意大利男友交往四年，感情稳定，后来男友因涉嫌诈骗，被美国FBI逮捕，安妮便与之断绝关系。

人们抨击她为保全自己的声誉甩掉男友，大难临头各自飞，过于自私。

个中纠葛外人不明，也不便说三道四。只是她成名十年，从不逾矩，仍被诬蔑、挖苦，在外界舆论的重压之下，她过于爱惜自己的羽毛。

伤口不在自己身上，旁人怎知疼。

非议最盛时，安妮接拍《成为简·奥斯汀》，演出了我们对简·奥斯汀所有的幻想与期待。

镜头里，她蓬头垢面，蹙着眉头通宵写稿，将一张张不尽如人意的手稿丢进垃圾桶；在家宴上灵感迸发，突然离场，惊喜若狂。一个演员，怎会如此懂得写作者的艰辛，懂得一个写作者在文字天地里的喜乐愁肠？

正因她入木三分的演绎，今后重读《傲慢与偏见》，心里竟都是安妮的影子，似乎她当真变成这部经典背后的执笔人，写活了五个待嫁闺中的千金，编织过达西与伊丽莎白的旷世之恋，刻画出英国乡镇的世态风情。

少有人能与作品真正融为一体，但安妮可以。

她的歌在唱自己，戏在演自己，那是她身上所有的柔与韧。

平和冷艳的面容下，坚决而内在的燃烧

从《公主日记》《断背山》《穿普拉达的女王》，到《成为简·奥斯汀》《一天》《悲惨世界》，又到《蝙蝠侠：黑暗骑士崛起》《星际穿越》《实习生》《爱丽丝梦游奇境2》。安妮不停地接片，文艺片、商业片、科幻片，以及具有探索意味的独立电影，她一一尝试，口碑与票房均表现不错。

无论贵妇人、小公主、瘾君子……安妮照单全收，轻松驾驭，成绩斐然。

在她平和冷艳的面容下，有一种坚决而内在的燃烧。

她想表达更多，并担忧时不我待。

也正因如此，那些数落她的罪状里，堂而皇之地又加一条：急功近利。

竟有些心疼。

年少成名，在电影里见证了时空的广阔，却在生活中，不得不面对人世的狭窄。

如今，已是辣妈的安妮·海瑟薇仍不时出现在新闻头条。

逛跳蚤市场，被称为“好莱坞最抠门女星”。

素颜逛街，被狗仔惊叹“昔日公主今成大妈”。

但我依然不可救药地迷恋她，迷恋她的才华和努力，良善与得体。

年纪越大越清楚，一个人要想清清白白、堂堂正正、干干净净地活一辈子，是很难很难的。

过一个体面、磊落、坦荡的人生，需要太多格局与智慧，但若想活成一团乱麻，只要一点贪心或愚蠢就可以。

媒体采访安妮，问她面对黑评如何自处，她笑容优雅：“这世界的看法与我无关。”

你从没听过她抱怨，但你知道，她是把所有委屈和眼泪都研碎了吞进肚子，才能在人前保持笑颜灿烂。

深夜痛哭，清晨赶路。

是修为，是克制，是宽宏，诚觉世事皆可谅。

但我喜欢看她始终紧握想要的幸福、鲜花，与征途，持续奔走在热爱里。

她是星辰大海，不必囿于欲加之罪和无妄之灾。

永远蓬勃生长，永远热泪盈眶。

爱，不是人类所发明的，它一直存在于这个世间，力量强大，意义非凡。或许我们人类还无法全然理解爱的本义，它或许比我们想象得还要更多，又或许是来自更高、更先进的文明，而我们目前无法感知。我风尘仆仆，穿越宇宙，寻找一个消失了十年的人，我知道，他可能已经死了。但爱是一种力量，能让我们超越时空的维度，感知到它的存在。纵然无法真正理解，但这并不意味着，施予爱、找寻爱的人，错了。

——安妮·海瑟薇《星际穿越》

满目山海，既往不咎。

良好的家教，深沉的悲悯，使她永远无法以刻薄待刻薄，以冷漠待冷漠，做不到肆无忌惮地攻击旁人，并以此为傲。

纵有千万个理由昂首尖刻，却仍选择粉颈低垂，细嗅蔷薇。

难的，不是以诚待诚，以善遇善，而是面对满世责难和冷眼，依然坚守内心善的底线。

她的原则，她的体面，皆不因外界臧否而改变分厘。

从某种程度上讲，这也是她温良圆融背后，一点不为所动的倔强。

做不成令人陶醉的烧喉烈酒，做一盏温凉的清茶也很好。

虽温暾寡淡，却回甘隽永。

永远不惊不惧。

“钢铁侠”马斯克母亲梅耶：

百炼钢成绕指柔

She Walks in Beauty

George Gordon Byron

She walks in beauty, like the night
of cloudless climes and starry skies:
And all that's best of dark and bright
Meet in her aspect and her eyes:
Thus mellow'd to that tender light
Which heaven to gaudy day denies.
One shade the more, one ray the less,
Had half impair'd the nameless grace
Which waves in every raven tress
Or softly lightens o'er her face;
Where thoughts serenely sweet express
How pure, how dear their dwelling-place.
And on that cheek, and o'er that brow,
So soft, so calm, yet eloquent,
The smiles that win, the tints that glow,
But tell of days in goodness spent,
A mind at peace with all below
A heart whose love is innocent!

《她在美中行》

作者：拜伦　译者：李梦霁

她在美中行，像夜晚。
天高云淡，繁星点点，
她的双眸和容颜，
镌刻夜的深邃，昼的明媚，
是醇香轻柔的清辉，
不似艳俗的白昼刺眼。
明暗调和恰到好处，增之则满，减之则亏，
势将损伤这难言的美。
美跳动于她黑瀑布般的秀发，
又在她面上投下浅浅光芒。
恬静的思绪，
栖息在她纯净清白的脸庞。
光洁的额头，羞红的面颊，
温软，安宁，脉脉含情，
一颦一笑，容光焕发，
诉说着她正度过此生的美好丰盈。
她的理智安于世间一切，
心底永远天真无邪！

埃隆·马斯克，被誉为“乔布斯第二”，他的传奇人生堪称现实版“钢铁侠”。

二十七岁，白手起家，创办PayPal，先于支付宝六年面世，一跃成为全球最大的线上支付公司。

卖掉PayPal，成为电动跑车特斯拉的创始人，创造出富人争相追捧的豪车。

之后，他投身火箭制造，目标是让普通人登上火星，并在二〇一八年完成私人公司发射火箭的壮举，开启太空运载的私人运营时代。

身价百亿的“硅谷奇迹”马斯克回首来路，总会将他的成功归功于母亲梅耶：“我在成长中，习得最重要的一点，就是舍弃常识，回归兴趣，行事独特。我的母亲就是一位特立独行的女性，她是我所有勇气的源头。”

梅耶如今已年过七十，仍活跃于美国时尚圈和广告圈。

她曾说：“我是凭直觉生活的人，我的孩子们也是。”

| 爱过无悔，尊重故事结尾

梅耶生于南非，父母都是飞行员，常开着飞机带她四处探险。

去沙漠探访古城，在沙滩迎接巨浪，到草原观察狮子。

冒险家的血液在孩童时期就已揉进梅耶的身体，种下渴望自由的天性。

她喜欢读书，每星期去两次图书馆，从书里看到更辽阔的天地。

十五岁的梅耶面容姣好，亭亭玉立，被星探挖掘，拍了人生第一支广告，随后闯入“南非小姐”决赛。

假如她顺利进入娱乐圈，依凭美貌嫁入豪门，或许人生会轻松很多。

但出人意料的是，二十一岁那年，梅耶嫁给了自己的高中同学，一名工程师。

她有才华，有野心，敢冒险，但在婚姻面前，却义无反顾地选择爱情。这或许是一个女孩在最好的年华里，应当做的事。

梅耶一向如此，眼眸清澈，内心丰盈，了然世间混沌，但永远听从内心，温柔且果决。

生下两子一女，她坚持健身，保持魔鬼身材，继续拍广告，并在孕期完成营养学硕士课程。

热爱生活的人，无论年龄几何，家务烦琐与否，总会对新鲜事物保持好奇。

可惜，因对未来事业规划的分歧，十年婚姻，走向终点。

没有对簿公堂，没有拖泥带水，没有飞短流长，三十一岁的梅耶依然心怀希望，离婚后，创办了自己的营养咨询公司。

爱时彼此真诚，不爱一别两宽，原是女性最好的状态。

可是太多女孩，爱时患得患失、锱铢必较，别后百般痴缠、肝肠寸断。

真正的强者包容一切，生命中出现过的人，并非来破坏自己，而是为成全自己人格的完满。

在不再合适的关系里，梅耶潇洒转身，爱过不必后悔，也尊重故事结尾。

尽管离异带来分离，但梅耶说：“如果孩子们在学校有比赛，或亲子活动，我一定会去支持，我的生活是围绕孩子们的。”

因此，当十七岁的埃隆·马斯克高中毕业，前往加拿大求学时，梅耶带着三个孩子，举家迁往加拿大。

此时，梅耶已四十岁，这个年纪的女性，心性大多在数十年的家庭生活中归于平淡，少有为事业拼搏的激情，厨房做菜，阳台莳花，人生进入下半场。

前半生的勤恳辛劳，换来余生闲云野鹤。

毛姆在《月亮与六便士》里有这样的句子：“我总觉得大多数人这样度过一生，好像欠缺点儿什么。我承认这种生活的社会价值，我也看到它井然有序的幸福，但是，我的血液里有一种强烈的冲动，渴望一种桀骜不驯的旅程。这样的安逸总使我惊惧。我的心渴望更加惊险的生活。只要我能有所改变——改变和不可预知的冒险，我将踏上嶙峋怪石，哪怕激流险滩。”

梅耶就是这样的女性，有某种清醒的觉醒，嶙峋的野心，一身逆鳞，永远不驯。

迁居异乡，一切从零开始。

梅耶带着孩子，暂住友人家，后来在多伦多租了一间小屋。

为了供三个孩子读书，最忙碌时，她同时打五份工。

一边在大学做研究助理，一边进修课程，把南非的学历转成加拿大认可的文凭，业余继续兼职模特，补贴家用。

对一位中年单亲妈妈而言，生活似乎太艰难了。

但梅耶从不怨天尤人，失落沮丧。

那段时间，每个家庭成员都努力工作，相互扶持。

埃隆曾说："真正的母爱是给予孩子自由，这一点，我妈妈做得非常好。我们三个读大学时，她过得很辛苦，但她从不抱怨，每天回家都是满脸笑容。这种面临困境的乐观，是她给我们最宝贵的财富。"

即便生活捉襟见肘，梅耶拿到工资后，做的第一件事，是买了一块舒适的地毯，让孩子们坐在上面阅读。

家是租来的，但生活不是。

岁月不饶人，此时的梅耶人到中年，已不是秀场宠儿，作为模特公司的临时工，她随叫随到，三餐不定，睡眠不足。

在一次家庭会议中，疲惫的梅耶竟睡着了。

孩子们心疼妈妈，想退学帮她养家。

梅耶不动声色地拂去一身倦意，斩钉截铁地拒绝："这是非常愚蠢的想法。是你们让妈妈看到了自己的潜力。每段人生各有使命，你们现在的任务就是刻苦学习，顺利毕业；

而我现在的任务，就是支持你们完成学业，今后你们才有更多选择。总有一天，你们也会成家立业，那时你们就会明白，每个妈妈都是超人。”

身教胜于言传。

保持学习的热忱，保持勤勉，越努力越幸运，是梅耶传递给孩子们最好的家教。

蜩与学鸠处处有，有人却骑着鲲鹏

埃隆喜欢编程，梅耶省吃俭用，给他买了一台电脑和一身西装，托朋友介绍他去微软实习。

营养师事业终见起色，梅耶开了一家营养公司，还把学到的营养知识写成书籍出版。

埃隆在斯坦福大学读博时，因“无法忍受旁观互联网时代的到来，自己却置身事外”，他选择辍学，和亲兄弟金巴尔在硅谷共同创业。

梅耶与孩子们沟通之后，深入了解他们的想法和规划，没有反对，全力支持。

她每月能存两千美元，大约隔四十天，就从多伦多飞往硅谷看望儿子们，住一星期，剩余的钱都留给刚刚创业、入不敷出的孩子。

甚至两个孩子去见投资人之前，打印文件都是妈妈付的钱。

第二天的风投会，他们顺利拿到第一笔风险投资。

从公司业务计划，到实习生管理，以及印刷，处理办公费用等，梅耶帮孩子们打理杂事，购买家具和日用品，并投入所有积蓄约一万美元，支付办公室租金。

尽管梅耶殚精竭虑地帮扶着孩子们，但她坚称，他们的成功是自身努力的成果。

“我从来没有帮过孩子什么忙，我工作辛苦，无暇他顾，孩子们必须对自己负责。”

她从不以长者心态对孩子们指手画脚，横加干涉，而是放手让他们自己选择。

她信任孩子的能力和眼光，也为他们留足退路。

界限感单薄，是许多感情变成伤人利器的重要原因。

最好的母爱不是控制，而是给予孩子自由，最好的妈妈，是懂得适可而止，保持优雅，保留底线。

梅耶五十岁生日时，两兄弟送给妈妈一个玩具小房子，和一辆小汽车，只有火柴盒大小。

他们许诺：“总有一天，我们会给妈妈买真的房子和汽车。”

一年后，两兄弟的公司以三亿美元售出，成为身价千万的富豪，孩子们兑现了当初的承诺。

“我的母亲才是我的英雄。”埃隆说。

全力支持孩子创业，成了梅耶一生中最好的投资。

埃隆从儿时起就坚信，人类不应该只局限于自身狭窄的空间里，应当努力探索并拯救世界，足迹遍布整个宇宙。

当他为实现“火星梦”，创办SPACE X公司制造火箭时，非议与嘲讽铺天盖地。

航空产业门槛极高，只有政府有此财力，在埃隆之前，从无私企涉足。

巨额投资未必能换来回报，一旦火箭发射失败，所有的钱都打了水漂。

有人剪辑了一组火箭爆炸的合辑给他，十分恐怖，想让他知难而退；

当得知他坚持要把老鼠送上火星时，还有人寄给他一块奶酪，让他去养老鼠，别再费心做火箭；

埃隆去俄国买火箭时，被俄国人当成门外汉羞辱一番，但他在回程的飞机上，已自学了火箭研发部门的大致框架，开始招揽工程师。

母亲梅耶始终是埃隆的忠实支持者，为了陪伴孩子，她卖掉多伦多的营养咨询公司，搬到旧金山，重新学习美国计量制，根据美国营养学会规则，调整商业模式。

她租了一辆车，每周六早晨去百货公司走秀，下午去看望孩子，并鼓励埃隆："坚持你所热爱的，生命就不会被浪费。"

SPACE X公司成立后，全员无休无眠地工作，埃隆几乎天天睡在办公室。

陆续有人因不堪压力而离开，也不断有人因梦想与好奇加入进来。

接连三次，火箭发射失败，埃隆花光所有积蓄，开始异常辛苦地融资。

终于，第四次发射成功，却招致更多嫉妒的目光和恶意的揣测。

梅耶发声："埃隆希望尽一切可能让这个星球更美好，在这世上，总有人会怀着这样的心愿而活。有人觉得他有不可告人的动机，或者只是想赚钱，他不是这样的人，也没有这个必要。"

母亲对孩子的理解和信赖，让他们勇于冒险，不辞辛苦，不畏人言，直面一切。

"这世上，蜩与学鸠处处皆有，而有人却骑着鲲鹏。"

对夏虫，不必语冰。

天空没有鸟儿的痕迹，但我已飞过

梅耶的三个孩子都出类拔萃。

除了呼风唤雨的传奇人物埃隆，另一个儿子金巴尔，从小喜欢烹饪，与埃隆创业成功后，去纽约国际烹饪学院进修，而后创办了一家连锁餐厅。

他倡导健康的饮食理念，自己种植食材，养殖牲畜，餐厅颇受年轻人青睐。

除了经营餐厅，还将有机食品销往全国各地。

小女儿是一名出色的制片人、导演，制作的影片屡获大奖，在洛杉矶成立了电影制作公司。

小女儿曾说："我们家族确实和别的家庭不太一样，我们更愿意冒险。"

梅耶辛苦半生，三个孩子终于功成名就。

可这一次，梅耶却选择离开他们。

母爱不应成为孩子前行的羁绊，而是一场指向分离的得体退出。

她要去追逐自己的梦想了。

梅耶搬去纽约曼哈顿，在陌生的时尚之都，找到自己的聚光灯。

"纽约人说话快，走路快，他们是和我一样的人。"

在曼哈顿，她做模特，频频出现在杂志封面，在时代广场的广告牌上扮演圣诞奶奶，在碧昂斯的MV里扮演角色，甚至年轻时没有代言过的品牌，也纷纷寻求合作。

六十岁全裸出镜，为《时代周刊》健康版拍摄封面。

六十三岁登上《纽约杂志》，拍摄后期合成的孕妇照，旨在讨论高龄产妇数量增长的问题。

到六十八岁，梅耶说："人生正当时，一切才刚刚开始。"

优雅不只是青春饭。

在梅耶身上，有岁月沉淀的从容，有蓬勃不息的生命力，她的美更加厚重，不肤浅，不凌人，更经得起推敲。

与此同时，经过多年学习和规划，梅耶再度重启营养师业务，迅速成为纽约中产阶级首选的健康顾问之一。

她从未慵懒，不甘颐养天年，时刻保持激情，用付出赢得肯定。

不断超越，才是人生。

我深信期待是仅次于幸福的感受，甚至期待本身就是幸福。

无论潦倒与富有，无论身处南非还是纽约，无论做籍籍无名的临时工还是声名显赫的女强人，梅耶始终保持期待，奔走在热爱里，永远迷人而丰盛。

七十岁的梅耶，身后有事业，有财富，有儿女，眼前有期许，有目标，一如焦灼时代里的一泓清泉，让人感到舒心——原来女人可以这样活。

厌倦一成不变，毅然离婚，独自闯荡；

拥有热爱的事业，穷尽一生去追逐；

面对生活的当头棒喝，不怨不怯，隐忍拼搏，渡过难关；

劳劳碌碌一世奔忙，终得清闲，却不愿停歇，享受奔跑。

而大多数人，只遭遇其中一样，便活得战战兢兢、瞻前顾后。

命运并未青睐梅耶，离异、单亲、贫穷，她尝尽世间疾苦，却百炼钢成绕指柔。

她永远温和，哪怕做最底层的小模特，被颐指气使地呼来喝去，也从未在孩子面前抱怨一句。

不愤怒对抗，随心随性，看似没有棱角，心底却格外坚定。

她想要的究竟是什么？

是名吗？

她十五岁已夺得“南非小姐”的称号。

是钱吗？

她的儿子二十八岁时就是千万富翁了。

有人说，在这个年代，和平，温饱，无须挑战宏大的命题，摆在我们面前的，只是如何战胜生活的无趣而已，但这却是人类最难的题目。

梅耶说：“我们必须自由，只有自由，才能更好地生活。”

不花力气和生活硬碰硬，只体验未知的乐趣，感受在不同城市、不同角色间辗转的阅历，不怕败，也不怕错，得失输赢皆有意义。

不活于世俗的框架之下，只遵从内心牵引，坚定所向，不断出发。

她想要的，只是自由而已。

这便是她性情中柔软的棱角。

“天空没有留下鸟儿的痕迹，但我已飞过。”

温柔依旧，毅然决然。

后记一：
纯文学写作者的生存之路

二〇一八年八月二十日，顾老师在群里说，今天是方便面发明一百周年纪念日，晚餐当吃泡面，以示缅怀。

是夜，晚八点，公司休息室，泡面的香气氤氲开来，一些零零星星的往事忽然涌上心头。

文艺青年大体如此，无端矫情，有时连自己都猝不及防。

想来，北漂已是第二个年头了。

初到北京，隆冬，从温软的香港来，惊觉摧枯拉朽的老妖风，简直能将人吹上天。

生于太原，长居岭南，已不大习惯北方的凛冽。

01.

北漂之初，做新媒体，也追热点，也蹭流量，常被读者吐槽“大不如前”。

“前”，应指《鲁迅妻子朱安：一生欠安》。

二〇一五年盛夏，此文发表在方兴未艾的新媒体上，创下全网破亿次阅读的记录，忝列“新媒体时代最炙手可热的专栏作者”。

“欠安”一文，四千字，从立意到初稿成文，历时三个月，修改六七稿。

最初成型于二〇一四年深冬，我二十岁，正在经历人生的至暗时刻。

后搁置近半载，又翻出，修订，最终定稿。

面世距离提笔，足足十月。

我相信时间的馈赠，但这样的写作节奏，放在如今浩如烟海的出版物中，恐怕早已大浪淘沙，湮灭无踪。

坦白讲，我比读者，更渴望怀胎十月，再产经典。

怕只怕还没成文，先路有饿死骨。

毕竟生存在速食文化的时代，逆流而上，大不易。

纯文学是理想，理想不是饭。

02.

再说《一生欠安》这本书，前前后后折腾两年多，白天在江苏卫视实习，晚上通宵，从晚八点写到早六点，洗把脸，八点又去上班。

用饱受非议的第一人称写作，夜夜化身悲情女主角，沉浸在她们的人生疾苦里，以泪洗面是常态，情到深处，歇斯底里，走不出来。

中度抑郁，几乎要服药控制。

成书之后，甚嚣尘上的黑评暂且不论，收益微薄，远不敌许多替公号撰稿的写手。

曾梦想以文立身，如今看来，也是奢望。

当年十月写文，尚在校园，啃老无罪，逃课亦可，有钱有闲，大把时光可以快活。

走出社会，父母的银子不好伸手索取，自视才情足以糊口，无颜继续饭来张口地寄生。

时间变得紧迫，广东话讲，揾食艰难。

花三百天打磨一篇文章，成了莫大的奢侈。

刚毕业时没有多少进项，还要人前光鲜地签售。

签售会，在书店，没人来。

空荡荡的现场，我一个人，谈文学的生命。

“纯文学，不同于工具论和商业文化的文学观，是一种讲求自律的、审美的文学观。

“纯文学的作者，永远抱着某种恋人似的痛苦与虔诚。表层的记忆、短期效应的社会功利，绝不是写作的出发点。

"自始至终，我们找寻的，是永恒。像星空、像食粮、像海洋。"

一肚子不合时宜。

签售结束，回家路上，经纪人麦大哥问我近况。

我沉默，还不习惯把窘迫端上台面。

麦大哥是我的伯乐，虽然他已不再代理我的版权，但我永远尊敬他的知遇。

他给我讲了个故事。

一个贵族少女从小养尊处优，教养良好，忽逢祸端，家道中落。

她背井离乡，流落村野，变成一个地道农妇，嫁了种田的农民，生了放羊娃。

孩子每天傍晚放羊回家，桌上都摆着她洗净切好的一盘莲藕，白白的，薄薄的。

麦大哥重复了一遍，在鸡不生蛋、鸟不拉屎的荒村，贵族出身的农妇，每天切一盘洗得白白净净的藕片给孩子吃。

"做纯文学，心里总得有点高贵和坚守，无论世道如何。"

大家都去吃海参，黑黑的。

我还在洗莲藕，白白的。

世道变了。

说这句话的人，是朱安，竟也是我。

新媒体为文字变现提供了更多可能，愈来愈多善弄文字的人，急着依凭写作跻身更高的阶层。

谁还用文字探索人性。

03.

昨天，一位做了两年八个月自媒体的友人，决定永久停更公众号。

她说："做出这个决定，五分不舍，另五分，是松了一口气的畅快。我不会追热点，也不擅教人如何恋爱、如何做人，没法编故事煲鸡汤，也不会壮士断腕打鸡血。不会，因为不想。这样的写作过程，只让我不快乐。"

有时，也不是甘心放弃，只是无路可走。

当市场和阅读取向逼走一个又一个真诚、严肃的纯文学写作者，我们能给读者，给文坛，留下些什么？

碎片化阅读时代来临，速朽鸡汤大行其道，读者群体越发狭窄，纯文学路在何方？

倒也不必杞人忧天。

虽然对"纯文学大规模撤退"的担忧由来已久，时至今日，却也未见消亡。

在这个年代做任何一种坚持都很难，虽然辛苦，却依然有人想要坚定地笨拙下去，逆向而行。

总还是有人，生就匡济天下之气魄，对生命执着，对文学本身怀有敬畏和信心。

也还有人，纵然无可避免地深深卷入世俗纠缠，自我意识却始终强烈地觉醒。这种自我意识不肯睡去，带来无尽内耗，作品——便应运而生。

我或许有一点这个味道，只是不知道，还能坚持洗多久莲藕，没准过几年，藕都没了。

才华毕竟是消耗品。

正如无人可以青春永驻，也没有才思用之无竭。

我相信江郎才尽，也在等那一天。

那一天，也许永远不会来。

也许明天就来。

04.

为写《一生欠安》，感受剧中人遁入空门的刹那顿悟，我在二十一岁剃了光头。

为写《这一生关于你的风景》，了解西方女性的衣食起居，我在二十四岁裸辞，一个人去欧洲。

在越来越精明的时代，我仍是一个笨拙的匠人。

在科斯美汀圣母教堂前的“真理之口”，怀念赫本的《罗马假日》；游历简·奥斯汀故居，看扮成十八世纪厨娘模样的少女，从印花围裙里掏出招牌菜单——“达西先生茶”；在白金汉宫门前，遥想戴安娜王妃的世纪之吻……我的内心老旧，始终相信亲临其境才有更真实的感受，渴望透过薄薄的纸张呈现更生动的现场。

其实《一生欠安》亦是如此，朱安的绍兴，柳如是的秦淮，婉容的长春，孟小冬的台北……笔下每一座城市，我都亲自走遍。

我想，我大约是可以为了写作牺牲许多的年轻人，写作是命，不是其他。

只是世间吵闹，我依然习惯克制，隐去许多哗众取宠的言语，想让懂得的读者在我言有尽的余味里，看到另一重韵无涯。

这是一个越来越单薄的年代，没有那么多愤怒，大多数人只关注自己，对严肃议题不愿去想，因为很累。

对历史缺乏好奇，对上一代人缺乏好奇。

但诚如导演姜文所言："历史只是一个可借助的东西，你不在写它，在写你自己。"

每个人物的故事和时代之间都有许多重叠，它们相互影响，相互抵抗，相互逃避，对一个传记写作者而言，最动人的就是穿越这一个个层次，带你看到另一个世界，也看到自己。

人性的进化很慢，所以旁人的故事穿越千年，仍能抚平我们心头的褶皱。

读史，识人，知世。

人说，所谓历史，不过是给生活起了个外号，把相同的感受置于其中。

“没有公主命，修炼女王心”的香奈儿；“若不是作家，便会是妓女”的作家杜拉斯；“唯一可与莎翁齐名的女性作家”简·奥斯汀；“天使在人间”的赫本……这些享誉世界的杰出女性，从生活深处款款行来，被世俗挤压，也为情落泪，倾尽一生奋斗与抗争，试图冲破父权社会对女性的奴役与压迫。

高洁的人格，不屈的精神，独立的心性，勾勒出一代知识女性在颠沛流离的历史重压下，为了爱与理想坚韧不拔。

她们走过的每一步，都曾荆棘密布。

从经济到人格，女性的独立并不容易，路也还很长。

生而为女性，纵然不能决定怎样生，怎样死，却可以决定怎样活，怎样爱。

“我没有温柔，唯独有这点英勇。”

05.

因为写作，机缘巧合，谋到第一份工作。

入了出版行当，从责任编辑到产品经理，从文稿审校到选题策划，工资翻了倍，在这个城市也终于扎根，心底日渐踏实安定。

知晓一本畅销书的操作逻辑，也明白书商如何为一本书赋能。

内容、品相、营销、人脉、机遇，缺一不可。

罗曼·罗兰的英雄主义，是认清生活的真相，依然热爱生活。

但看清这个世界，然后爱它，并非易事。

从前不懂出版门路，只写发乎本心的文字，阴差阳错地，《一生欠安》竟也销至十万册。

而今，知其所以然，却仍想固守老路，写些小情小调的纯文学，不找噱头，不混圈子，铿锵，坚定，而爽朗。

这本书依然打磨三年，枉顾“出版节奏”“营销热度”，编辑苦口婆心地催稿，熬到她从初入职场到业界精英，从单身萌妹到燕尔新婚，我的稿子竟还没改完。

但我也有我的野心。

我想写一本真正留在你书房里的书，摆在你书架上的书。

它不是短平快，不能即刻变现，无功利，不取悦，但它写满虔诚、清澈，与热爱——热爱生活，热爱世情，热爱每一个珍视它的你。

但愿它对得起你的深情。

还是那句老话，我们下一本书，再会。

——二〇一八年晚秋于京城

后记二:

一逢一生，一生一句

真是惭愧，拖稿至今，连后记都得写俩。

二〇一八年于我，是值得铭记的一年，除却独行欧洲，还考上中国科学院大学的研究生，拥有了一个新的母校，所以执意保留前篇。

因是彼时肺腑之辞，留之以待看官阅之，哂之。

尽管有些语句已稍显欠妥，“打磨三年”不对，这本书前前后后已有五个年头，删改十余次，不忍辜负众望；编辑也换了人，感念从前的编辑金渔小姐，祝你新婚愉快。新编辑子琛年纪小过我，是非常有灵气的姑娘，我第一眼见到她的作品，就被瞬间击中。

感谢柯伟老师引荐，期待今后与星文和子琛有更多合作。

有读者讲，我后记写得好过正文，尴尬之余亦有一分惊喜，特作两篇后记。

这一篇，谈谈感情。

01.

写过那么多痴情的、薄情的文字，对自己的感情却一直讳莫如深。

主要是也没什么像样的心事。

爱情缺席，并无求不得和放不下，只是有太多事要去做，太多任务待完成。

王公子说我是“河流一样的女子”，不该为红尘俗务绊住脚步。

我热爱自由，对规矩和框架，比常人抵触更多。

栽了许多跟头之后，学乖了，我得顺应这个时代——先用最短时间在正轨上跑到这一程的终点，再用余暇搞点闲篇。

所以我赶在二十五岁结束之前，瞒着家人，独立完成在京买房、买车、开公司的小目标，对这些，我并不算太需要，但世俗的标准和眼光需要，那就顺势而为吧。

做一棵树，先努力长成众人期待的高度，再肆意支棱，是我的求生法则。

营业执照办下来当天，我想，就算即刻辞掉长辈眼中的

“好工作”，去非洲看狮子，也没人能管我了。

不过我是不会辞职的，就贫一嘴，在此请长辈们放心。

02.

修订此书，看前文，仍能看出一个小姑娘的不甘。

有抱负，却也真的稚嫩。

近来看过一个视频，感触很深，是台剧《想见你》的女主角柯佳嬿，对谈好友曾之乔，讲“花与叶”。

我们这一代人，受的教育依然是力争上游，争先恐后地长大，小时候依据成绩排座次，长大了根据业绩发奖金，本质都是竞争和攀比。

大家都想成为花，想成为焦点，想出人头地。

可是总有一天，你站在某一个时间节点上，突然发现你可以不那么辛苦，你可以选择做绿叶，做道旁为打马而过的英雄鼓掌的人。

更细腻，更强韧，不争不抢，稳稳地存在。

平和地自我欣赏，不急于证明什么，只是默默等待被看见。

短片里，曾之乔落泪说道：“从前一直觉得自己不好看，但是我对自己说，不要担心，总有一天你会变得很漂亮。”

我收到过许多读者来信，写满了青春期女孩的自我怀疑、厌恶、自卑，她们是那么迷惘，觉得自己不够瘦，不够白，不够美，不值得被爱，于是疯狂美容减肥，在亲密关系中低到尘埃里，感受到的来自外界的伤害往往也加倍。

实在太令人心疼。

古往今来，这样的女性不在少数，如书中所写，美艳如赫本、费雯·丽、戴安娜王妃，依然有过卑微如尘的时刻；但也有人始终昂首，活得淋漓尽致，如杜拉斯、梅耶、苏菲·玛索。

我想说，成长最重要的，是学会接纳不完美，坦然地拥抱全部，拥抱真实，然后在真实的样貌里，看见最闪耀的东西。

我们都是独立的个体，承认每个人有不同的生活方式，有各自盛开的花期，花苞绽放后各有各的风情和恣意，就不会卑微，不会焦虑。

《无问西东》里有这样的台词："愿你在被打击时，记起你的珍贵。愿你在迷茫时，坚信你的珍贵。爱你所爱，行你所行，听从你心，无问西东。"

其实，我和此刻捧书的你一样，和成千上万"北漂"的年轻女孩一样，不够成熟，间歇性焦虑，偶尔陷入自我否定，于是我也常自我勉励——当你坚信你的珍贵，便无须紧迫和不甘。

我与你同在。

做一片绿叶也很好，不争不显，不疾不徐。

写发乎本心的文字，哪怕无人问津，却不负才华，无愧相遇。

对纯文学，我的努力，我的深爱，终有一天会被看见。

03.

说回感情。

本书面世时，我应该已经二十六岁或者更大一点，我妈在我这个年纪已经当妈，我自然免不了被身边长辈日常催婚，隔三岔五例行相亲。

我并不排斥相亲，相反我很感激身边的人，愿将优秀的男孩子介绍给我，我想这是大家对我人品的肯定。

我从没遇见过“奇葩”，他们都是善良又出色的好男生，没有影视剧里“相亲男”标配的油腻，市侩，功利心。

若说结婚，也行，却总归还是差一点。

差的那一点，大约是心动。

我不大容易心动，心内的小鹿可能随我，觉多，不常醒。

闺密兼心理医生夏至说，我认识的李梦霁从不说“也行”，别妥协。（说句题外话，她的长篇小说《心理科医生》也上市了，遥祝大卖。）

聪明地妥协和笨拙地坚持，我终是学不会前者。

童谣在新剧里说：“一直不结婚，不是因为结婚不重要，相反是因为太重要，所以不能将就，不能凑合，不能随波逐流。

面对催促和质疑，你更要等待，更要坚定，要更加相信。”

谁不曾大闹天宫，谁不曾高楼望断。

如果坚持是一场徒劳，如果始终要对这个世界投降，我只想尽量晚一点。

04.

迷茫时，我去牛津大学做交换生，读莎士比亚。

整天和牛津的老师、助教、学生厮混在一起，听他们讲随心所欲的规划，竟生出一种释然和感动。

人生本不必那么严肃。

演讲课的老师，年逾花甲，举手投足间都是老派英国绅士的风度。从牛津本科毕业，毅然去做园丁，讲起植物药性头头是道，只因喜欢。五十六岁换了工作，来牛津大学做讲师。

助教威尔二十出头，会几国语言，在许多国家生活过。待腻了，就换一个城市，有时在酒吧当调酒师，有时做学校助教和HR，打算四月去伦敦，我问他去做什么，他说“I have no idea”。

讲莎士比亚的女老师，三十岁辞去小学校长职务，重返牛津大学攻读四个博士学位，她笑称，我只是喜欢读书，或者喜欢收集学位罢了。

他们没有“在什么年龄应该做什么事”的限制，没有人指指点点，告诉你应该读大学，结婚，养孩子，还房贷……

没有“你应该”，只有“我喜欢”。

只要在做自己喜欢的事，就是圆满的一生。

而我们，多少女性被世俗和偏见裹挟前行，以为符合大多数就是正确。不堪催婚就踉跄闯入婚姻，妥协给“条件尚可”，迫于公婆压力就匆忙为人母……过一个别人眼中光鲜优渥的“优等生”人生，是你想要的吗？

幸福是高度个性化的，每个人都值得一种被自我定义的幸福，有其独特性与创造性，不能用某种“标准”来衡量。

这一生本如朝露易逝，为何要活在别人的舌尖上？

“保持本色和少年的心气”不易，但假如每个女孩都能再坚定一点，我们或许可以改变这个时代，拥有一个更加宽容的，不被婚育年龄、主流价值观、主流审美观所囚禁的社会语境。

每一种选择，都值得被尊重。

只要坚持，总会到达。

05.

亲爱的，你也不必急。

我深信活在此刻就是幸福的秘密。

每一种状态各有其美好，婚恋中人拥有陪伴和亲密，独身的人拥有自由和期待，在人生这场长跑中，不过是两阶段长短配比不同，有异同而无高下。

拥有自由时，不必为没有戒指而焦虑；走入围城后，不应为失去自由而懊悔。

很喜欢这样一则寓言。

小和尚问师父："师父，您得道之前每天做什么？"

师父说："砍柴、挑水、做饭。"

小和尚又问："得道之后呢？"

师父答："砍柴、挑水、做饭。"

小和尚非常困惑："那得道前后有何区别？"

师父说："得道前，砍柴的时候想着挑水，挑水的时候想着做饭；而得道后，砍柴是砍柴，挑水是挑水，做饭是做饭。"

许多困扰，皆因想得太多，而做得太少。无法活在当下，装着太多心事，要么焦虑未来，要么后悔过去。

往者不可谏，来者未可知，不如把关注放在眼前，好好经营此时此刻，让自己充实而快乐。

你要相信，只要你善待自己、珍视自己，一定有喜欢的人，在这场无声的春色里静默地出现，让你想要与生命的慷慨和繁华相恋，成全这一生关于你的风景，赠你惊喜的开篇和完满的句点。

正如我用十年，完成了十岁时想开一场签售会的梦想；用二十年，实现了五岁时想去牛津读书的宏愿；我也相信，在战胜了一百次“就这样吧”的念头之后，会遇见命中注定的他。

姑娘们，只要初心不忘，不弃，不投降，全世界都会为你让路，整个宇宙都会来成全你。

一逢一生，一生一句。

李梦霁

——二〇二〇年初春于牛津

后记三：

这一生关于你的风景

老张：

初秋，我第一次见你。

原本三五句话就结束，却讲了许久，像多年未见的老友。

你走后，我跟妈妈说，见到一个很有趣的男孩子，只是不知婚否。

比想方设法多留一会儿的你，想象中更早的时候，我已动情。

我想，你当是我累世的爱人，所以第一眼就能够认出你。

相识二十天在一起，半年领证。

只是恨晚。

错过太多年，我不想再放任一分一秒，浪费在没有你的人海。

佛曰，世间从无错过，不曾邂逅的时间，我们只是在准备自己，只有当我们准备好，命运才会安排我们相见，用尽人间所有机缘，成全相认一刻。

每个人都是某人的光明。

得你，我终于得救了。

我为曾抱怨过的每一句命运不公深深抱歉。

定是上苍厚我，才与你转山转水，尔后重逢。

你不知我有多感激，与你相恋、相守。

与你在一起，我再没有羡慕过旁人，因你是最好的男孩。

支持我所有梦想，包容我所有任性，从不对我发脾气，竭尽所能给我你拥有的一切。

我知道，做到任何一个都很难。

你做到了全部。

在书市，在遗址公园，在街头巷尾拥挤的人潮里，我们有那么多话想对彼此说。

总也挂不掉的电话，说太多次晚安而依然在线的每一个夜晚，我想这一生，你都会是我最好的朋友。

不只是默契的伴侣。

独身时，闺蜜问我，婚姻是什么。

我答，是陪伴。

我所求向来不多，只盼有人陪我、同我说话。

她说我要求太高，两人能对话，本已太难，还要甘愿，态度和能力都要到位，可遇不可求。

长辈说我年纪大了，该放低些标准，但我不想将就，不想妥协，还好，我等到了你。

我是一个骄傲的人，却总是仰视你，你懂那么多，能解决我所有难题。

我读你看的书，看你喜欢的电影，听你唱过的歌。

我想了解你，也想成为你。

从前我对游乐场和商业街兴趣不大，更喜欢读小说和方法论而排斥正统史学，因喜欢你、仰望你，才开始读史书、看正剧、听史家讲座。

人类通过学习和模仿，表达最深的敬意。

无论日常生活，还是精神追求，是你使我完整，使我日臻圆满。

我们总感到日子变得漫长，听人说，只有遇见正确的人，才会使两人生命能量互相加持，于是时间才显得格外悠长。

过一天就有一天的精彩，每一天都有一天的生命。

不再是机械运转地一晃而过，今日不知昨日事。

谢谢你支持我念书，不会有许多人支持一个全职工作的妻子继续深造。

读书是我的梦想，是曾被命运打倒，却依然想要凌然向前的渴望。

我终是学不会认命，想与命运掰一掰手腕，看看自己到底能不能赢，能不能捡拾起破碎的梦，把人生拼凑成想象的模样。

中年求学要付出太多、牺牲太多，没有你，我不敢想。

我喜欢一句诗，当我拥你入怀时，我依然想你。

更深人静，你已入眠，当我轻倚你背后，我满目潸然。

我是河流一样的女子，遇你，如一粒种子落入温暖山谷的沃壤，安心扎根。

卸下所有防备和伪装，不必流浪，甚至不必坚强。

有你，我终于有家了。

我是你累世的爱人，这一生，幸又重逢。

谈及余生，除你，我想不到旁人。

梦霖

——二〇二一年春，于北京

图书在版编目（CIP）数据

这一生关于你的风景 / 李梦霁著.
—武汉：长江出版社，2021.9
ISBN 978-7-5492-7936-4
I. ①这… II. ①李… III. ①散文集—中国—当代 IV. ① I267
中国版本图书馆 CIP 数据核字（2021）第 194375 号

这一生关于你的风景 / 李梦霁 著

出　　版	长江出版社 （武汉市解放大道 1863 号）
选题策划	林　璧
市场发行	长江出版社发行部
网　　址	http://www.cjpress.com.cn
责任编辑	李海振　龚妍薇
特约编辑	林　璧　齐　月
印　　刷	三河市嘉科万达彩色印刷有限公司
版　　次	2021 年 9 月第 1 版
印　　次	2024 年 6 月第 2 次印刷
开　　本	880mm × 1230mm　1/32
印　　张	8
字　　数	160 千字
书　　号	ISBN 978-7-5492-7936-4
定　　价	39.80 元